I ♥ LONDON
UNDERGROUND
Teatime

Ulrike Rylance / Lisa Hänsch

Penny Pepper
Diebesjagd in London

Ulrike Rylance

Ulrike Rylance, geboren 1968, schreibt gern Kinderbücher und hat den süßesten Hund der Welt. Der darf ihr auch beim Schreiben zusehen, aber nur wenn er den Computer nicht anknabbert. Sie wohnt seit 2001 in Seattle, USA, und hat auch die zwei süßesten Töchter der Welt – sowie einen relativ süßen Ehemann.

Lisa Hänsch

Lisa Hänsch, geboren 1988, zeichnet für ihr Leben gern Bilder für Bücher und sogar Bilder für Trickfilme und fürs Fernsehen. Manchmal zeichnet sie auch heimlich Leute in der U-Bahn. Wenn die das merken, muss sie schnell die Flucht ergreifen, das ist dann fast so spannend wie Detektivsein. Sie wohnt mit ihrer Familie und ihrem Hund in der Nähe von Köln.

Penny Pepper

Diebesjagd in London

von Ulrike Rylance & Lisa Hänsch

dtv

Von Ulrike Rylance sind bei dtv außerdem lieferbar:

Penny Pepper – Alles kein Problem
Penny Pepper – Alarm auf der Achterbahn
Penny Pepper – Chaos in der Schule
Penny Pepper – Tatort Winterwald
Penny Pepper – Spione am Strand
Penny Pepper auf Klassenfahrt
Penny Pepper – Diebesjagd in London
Penny Pepper – Schurken auf dem Schulhof
Penny Pepper ermittelt (Doppelband)
Penny Pepper – Tatort Schule (Doppelband)
Penny Pepper – Detektive auf Reisen (Doppelband)
Penny Pepper – Hochzeitstorten und Halunken
Das magimoxische Hexenhotel – Auch Hexen brauchen Urlaub
Mein Mathe-Desaster oder der lange Weg zum ersten Kuss
Zweite Pause Zoff und Zucker
Ein Date für vier
Todesblüten
Eiskaltes Herz
Meine fantastischen Tierfreunde
Der Tiersitter-Club – Alles für die Katz

FSC www.fsc.org MIX Fördert gute Waldnutzung FSC® C004467

Originalausgabe
6. Auflage 2024

Dieses Werk wurde vermittelt durch die Literaturagentur
Kai Gathemann
Umschlagbild und -gestaltung: Lisa Hänsch
Gesetzt aus der Asap
Layout und Satz: Lisa Hänsch
Druck und Bindung: Stamperia Artistica Nazionale S.P.A., Trofarello
Printed in Italy • ISBN 978-3-423-76235-9

KAPITEL 1.

OMA HAT EINEN SUPER PREIS GEWONNEN. YEAH!

Leider kann sie erst mal gar nichts damit anfangen.
Aber zum Glück gibt es ja noch uns.

Als ich heute mit Flora, Marie und Ida bei Oma war, ist etwas SUPER Aufregendes passiert! Aber nicht gleich sofort. Erst mal haben wir *also besonders Ida* meiner Oma dabei geholfen, ihren Streuselkuchen schnell aufzuessen, damit er nicht schlecht wird. Das geht ja ratzfatz, hat Oma gesagt.

Und der war ja schon fast 1 STUNDE alt!

Omas Hund Rosi hat auf dem Teppich gedöst und Dschastin und Mailie haben Rosi als Sprungbrett benutzt, um die gemütliche Runde ein wenig aufzumischen. Oma wollte gerade den Fernseher einschalten, um Bauer sucht Frau zu gucken, als es geklingelt hat. Dreimal.

DINGDONGDINGDONGDINGDONG!

Oma hat gesagt, das ist der Briefträger, der klingelt immer so nervig, weil er denkt, sie ist taub. Ist sie aber nicht.

Meine Oma ist fit wie ein Turnschuh.

Der Briefträger hat ihr ein EINSCHREIBEN* gegeben.

Der Brief war von der Zeitung, in der Oma immer das **Kreuzworträtsel** löst, weil man da jedes Mal was gewinnen kann: Kaffeemaschinen, Dampfbügeleisen, Kinokarten, Grillzangen und so weiter. Obwohl Oma ja gar nicht grillt. Niemals. Aber die Grillzange wollte sie trotzdem gern gewinnen.

* Ein Einschreiben ist ein Brief, den man nur in die Hand gedrückt bekommt, wenn man vorher unterschreibt. Aber nur ein Mal. Sonst wäre es ja ein Zweischreiben.

Und das stand in dem Brief:

SCHNUCKENDORFER -Morgenpost-

ABTEILUNG: GEWINNSPIELE

Sehr geehrte Frau Traudi Pepper,
vielen Dank für Ihre Teilnahme an unserem Preisausschreiben. Sie sind die glückliche Gewinnerin unseres Hauptpreises – eine Reise nach London für 5 Personen!

Schlendern Sie an der Themse entlang, besichtigen Sie den Tower of London und den Buckingham Palace, fahren Sie im Doppeldeckerbus und schlemmen Sie nach Herzenslust Fish & Chips!

Der elegante Reisebus der Firma Meyer-Reisen fährt Sie in die Weltstadt London und Sie können dort… blablabla…

Ida wollte sofort wissen, was genau FISH AND CHIPS sind, aber Oma war erst einmal ganz verdattert. Dann hat sie gesagt, sie hätte eigentlich lieber das Dampfbügeleisen gehabt. Und dass sie gar nicht gern Fisch mit Pommes isst, weil die in England da immer Essig draufkippen. Und zum Schluss meinte sie, dass sie überhaupt niemanden hat, mit dem sie dahin fahren kann, weil alle ihre Freundinnen ein **Zipperlein*** haben.

* Ein Zipperlein ist ein fieses kleines unsichtbares Krankheitsdingsbums, das sich immer auf alte Leute stürzt und sie ärgert.

WARUM OMAS FREUNDINNEN ALLE NICHT MITFAHREN KONNTEN:

Gudrun hat ein schwaches Herz und darf sich nicht aufregen. Und das würde sie in London dauernd, meint Oma, weil London ja so aufregend ist.

Elfriede hat einen empfindlichen Magen und verträgt kein englisches Essen. Oma meint aber, Elfriede ist nur mäkelig, und das schon seit 78 Jahren.

Wilma hat Hühneraugen so groß wie Walnüsse und kann nicht so viel herumlaufen. Sie könnte schon, meint Oma, wenn sie nur mal vernünftige Schuhe anziehen würde, aber das möchte Wilma nicht. Sie liebt Stöckelschuhe.

Rosamunde ist total schusselig und vergisst alles gleich wieder, die würde man sofort in London verlieren. Wenn sie es überhaupt bis zur Abfahrt vom Bus schafft, meint Oma.

Hm. Das war natürlich **MEGASCHADE!**
Alleine fahren wollte Oma aber auf gar keinen Fall, deswegen haben wir überlegt, wen sie sonst mitnehmen könnte.

Den Briefträger?

Rosi, ihren Hund?

Omas Zahnarzt?

Ihre Friseuse?

DOCH PLÖTZLICH HAT IDA GESAGT:

Also mein Magen ist voll zäh, selbst wenn man Essig draufkippt.

Und ich vergesse nie etwas und finde mich immer zurecht.

Und ich hasse Stöckelschuhe und kann superweit in meinen Sneakers laufen.

UND ICH LIEBE AUFREGUNG UND MEIN HERZ IST STARK WIE EIN ELEFANT!

DAS WAR DIE LÖSUNG! WIR KÖNNEN DOCH MIT OMA NACH LONDON FAHREN! YEAH!

Vor lauter Begeisterung sind wir im Zimmer herumgetobt, bis Rosi beleidigt unter die Couch gekrochen ist.

WARUM LONDON SO TOLL IST!

- Alle können dort SAUGUT Englisch sprechen. So beneidenswert!
- Die haben dort echte Könige und Prinzen und so was. Komplett mit Kronen! So ~~addelig~~ ~~ahdelig~~ ~~add~~ vornehm!
- Es gibt dort rote Doppeldeckerbusse und altmodische schwarze Taxis. So cool!
- Es gibt da den »Tower of London« (spricht man »Taua« aus. Wie »aua«, hihi). Das ist so ein altes Schloss, darin haben sie früher die Leute eingesperrt. Heute liegen dort die Kronjuwelen.* So kostbar!

I ♥ LONDON

- Aus London kommt Paddington Bär. So süß!
- Man kann dort Wachsfiguren von Promis angucken. So interessant! (Vielleicht auch bald welche von uns? Höhö.)

* Die Kronjuwelen sind der Schatz der Königsfamilie: mit ganz vielen Diamanten drauf. Immer wenn jemand König wird, darf er die Kronjuwelen auf dem Kopf herumtragen. Danach muss er sie aber wieder hergeben. Gemein! Wozu ist man denn dann König geworden?

Aber Oma meinte, bevor wir mit nach London dürfen, muss sie erst mal unsere Eltern fragen.

Manno, wieso das denn?

Oma ist doch viel **älter** als unsere Eltern, also müssen die doch auf sie hören!

Wir haben dann überlegt, dass Oma am besten zuerst Floras Eltern anruft. Die sind am einfachsten um den Finger zu wickeln. Und wenn wir danach meine Eltern anrufen, können wir sagen, dass Floras Eltern die Reise schon erlaubt haben. **Hihi.** Und bei Idas Eltern sagen wir dann, dass fast alle anderen Eltern es erlauben. **Haha.** Und bei Maries Eltern sagen wir dann, dass **ALLE** Eltern außer Maries es schon erlaubt haben. **Mörhörhör!**

SO CLEVER SIND WIR!

Floras Eltern haben sofort gesagt, dass das eine hervorragende Idee ist. **Na bitte!** Floras Mama meinte, sie würde am liebsten mitkommen und mal wieder richtig in London shoppen. Das ist nämlich ihr Hobby. Leider, sagt Floras Papa immer. Und dass Oma zu einem Kaufhaus namens HARRODS gehen soll, wo die feinen englischen Ladys einkaufen.

Dann haben wir meine Eltern angerufen. Meine Mama fand ganz toll, dass Oma mit uns **Urlaub** machen will. Aber mein Bruder ist vor Neid fast geplatzt. Er hat ins Telefon gebrüllt, dass er auch nach London will, aber Mama meinte, dass sie ihn in den Herbstferien schon bei der Englisch-Nachhilfe angemeldet hat und dass das doch fast genauso schön ist.

MUHAHAHAHAHA!

Idas Mama hatte auch nichts dagegen und hat nur geseufzt: »Vielleicht schaffen es ja die Engländer, meine Tochter EIN MAL im Leben richtig satt zu kriegen.«

Maries Eltern wollten erst **nicht**, aber nachdem wir gesagt haben, dass ALLE anderen Eltern es erlauben (höhö, unser super Plan!), da sind sie eingeknickt. Und dann haben sie gesagt, dass Maries Englisch dort hoffentlich noch perfekter wird.

Ida hat Flora und mir zugeflüstert, dass wir drei da **übelstes** Glück haben. Denn weil wir ja kaum Englisch können, kann auch niemand von uns verlangen, dass es noch perfekter wird.

DAMIT ETWAS NOCH PERFEKTER WIRD, MUSS ES JA ERST MAL PERFEKT SEIN. LOGISCH!

Mensch, Ida wird noch mal eine ~~Filosophin~~ ~~Phyllosofin~~ ~~Phüllosofin~~ → also jemand, der viel über das Leben nachdenkt und interessante Sachen im Kopf hat.

ABER JEDENFALLS DURFTEN WIR ALLE MIT!

→ *Und das war großartig!*

BALD STERBEN WIR MIT AUA-ZEHEN!

→ hat mein Diktiergerät zurückgebrüllt. Mann ey! Aber ich glaube, ich nehme es trotzdem mit nach London. Man weiß ja nie.

Ich hab überlegt, was wir noch mitnehmen müssen, und da hab ich auf einmal einen riesigen SCHRECK bekommen. Es gab nämlich etwas, das wir **NICHT** mit nach London nehmen konnten...

... Mailie & Dschastin!

Da hätte ich fast angefangen zu weinen.

Was machen wir denn, falls in London englische Verbrecher auf uns lauern?

Ohne Spürhunde haben wir ja keine Chance gegen die.

→ **SO EIN MIST!**

Rosi wollte zum Glück sowieso nicht mit. Ihr natürlicher LEBENSRAUM ist das SOFA,

↘ sagt Oma immer.

Aber da hat Marie gesagt, ihr Onkel Bernd nimmt immer seinen Mops Otto mit nach England, und wenn Otto dahin darf, warum dann nicht auch Mailie und Dschastin? Sie hat gleich ihren Onkel angerufen und es stimmte. Man muss nur einen **Hundeausweis** besorgen.

HEIMTIERAUSWEIS / PET PASSPORT

Name: Dschastin

Art: Hund

Geburtsdatum: 5.5.2014

Rasse: wilde Mischung

Farbe: weiß-braun

Besondere Kennzeichen: extrem süß!

Und so kam es, dass wir zwei Wochen später mit Oma und unseren **Spürhunden** und Koffern in den Bus von Meyer-Reisen gestiegen sind.

JUHU! LONDON, WIR KOMMEN!

Unsere Reiseleiterin war supernett und hat alle beim Einsteigen ganz herzlich gedrückt.

Hallöchen, ich bin die Emily.

Im Bus waren ein paar **alte** Leute, ein paar **mittelalte** Leute und auch ein paar **Kinder**. Hatten die etwa alle bei einem Preisausschreiben gewonnen?

Ein Junge saß mit seinen Eltern genau hinter uns.

ER HIEß PATRICK, DAS HABEN WIR GEHÖRT, WEIL SEINE MAMA DAUERND GESAGT HAT:

Wir wollten uns gerade gemütlich in die Sitze lümmeln, als so ein **komischer** alter Mann mit Brille uns gefragt hat, ob wir das erste Mal nach London fahren.
Wir haben **JA** gesagt. Und da meinte er, wir sollen bloß auf uns aufpassen!

Weil im **LONDONER NEBEL** immer das **VERBRECHEN** lauert!

Da ist uns gleich ein bisschen **schwummerig** geworden. Was, wenn das stimmt? Aber Oma hat gesagt, Papperlapapp und der Mann soll lieber mal ihren Koffer in das Gepäcknetz heben, wie ein richtiger **GENTLEMAN*** das macht.

[* Ein Gentleman ist ein vornehmer und feiner Mann mit eleganter Kleidung, der hilfsbereit und höflich ist, Türen aufhält und Omas die Taschen trägt und niemals laut rülpst.]

Der Mann hat **SOFORT** Omas Koffer hochgewuchtet, wahrscheinlich wollte er zeigen, dass er ein echter **GENTLEMAN** ist.

Da hat mein Diktiergerät GANZ LAUT gebrüllt:

Mann ey! Alle Leute im Bus haben sich nach uns umgedreht. **PEINLICH!**
Nur Pudding-Patrick hinter uns hat laut gelacht.

KAPITEL 2. AUCH OHNE NEBEL PASSIERT IN LONDON ETWAS SCHLIMMES.

Außerdem hat mein Diktiergerät einen ganz unglaublichen neuen Tick!

Die Fahrt im **BUS** war erst mal ein bisschen öde, deswegen haben Ida, Marie, Flora und ich eine Runde Galgenmännchen gespielt.

Idas Männchen haben nie länger als drei Sekunden überlebt, und Ida hat gesagt, sie kann sich eben vor lauter **HUNGER** nicht richtig konzentrieren. Da haben wir die Hälfte von unserem Proviant gegessen und danach Mau-Mau gespielt. Jetzt hat Ida immer gewonnen. **Interessant.** Zum Schluss wollten wir noch Scrabble spielen, da gewinnt meist Marie, aber diesmal hat dieser Patrick hinter uns über den Sitz geguckt und dauernd dazwischengequatscht, weil er angeblich der Scrabble-König von Deutschland ist.

So ein ~~Klugscheißer~~ **Schweinchen Schlau!**

→ Nervig.

O_R_I_S

D_CHA_T_N

_ON_ON

I_H _ERHU_GER HIER! :-(

Dann hat Professor ~~Stinker~~ Zinker sich wieder eingemischt und uns gefragt, was wir denn alles in LONDON angucken wollen. Aber noch bevor wir antworten konnten, hat er aufgezählt, was er alles schon in LONDON gesehen hat, weil er LONDON nämlich wie seine Westentasche kennt.

Er hatte aber gar keine Weste an, sondern eine ~~Wanderjacke für Rentner~~ Sportjacke für aktive Senioren.

Und er hat gesagt, dass ich das alles aufschreiben soll, weil er uns hier wertvolle Tipps fürs Leben gibt:

WAS WIR IN LONDON ALLES SEHEN MÜSSEN:

→ laut Professor ~~Stinker~~ Zinker

1 BUCKINGHAM PALACE

Dort wohnt die Königin von England. Die ist tausendmal reicher als Flora. Boah!

2 BIG BEN

Das heißt: »Der große Ben«. Hm. Ist das der Bruder vom kleinen Ben? Wer sind die beiden? Unbedingt herausfinden!

3 BEEFEATER

Hä? Beefeater heißt Rindfleisch-esser. Wer sind diese Leute und warum essen sie nur Rindfleisch? Ida hat gesagt, das interessiert sie am meisten.

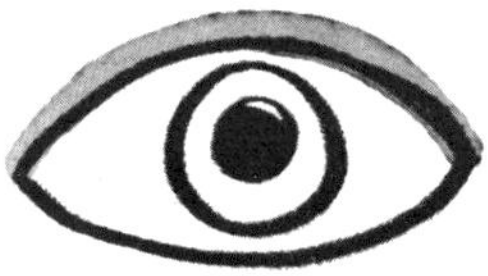

4 THE LONDON EYE

Das Londoner Auge. London hat nur ein Auge? Wie gruslig. Was ist mit dem anderen passiert? Marie hat gesagt, das kriegt sie raus.

5 DEN TOWER

(Aua! :)) of London. Den kennen wir wenigstens. Puh!

Oma hat gesagt, sie will auf alle Fälle in LONDON einmal fein *Afternoon Tea* trinken, so mit leckeren Törtchen und Keksen. Das machen die vornehmen Leute in England nämlich immer. Und dafür zieht man sich fein an, weil man da unter Umständen die **QUEEN** trifft.

Deshalb hat Oma extra ihre schicke Goldkette mitgenommen, die ist das Vornehmste, was Oma besitzt. Die Kette ist ein **Erbstück***. Die stammt noch von Omas eigener Oma und ist schon fünfhundert Jahre alt. Also so ungefähr. Glaube ich zumindest.

* Ein Erbstück ist etwas Kostbares, was man von Leuten bekommen hat, die nicht mehr leben. Voll nett von denen! Sie hätten es ja auch verkaufen und dafür eine Reise nach Hawaii machen können. Meistens kloppen sich die Erwachsenen in einer Familie aber um die Erbstücke.

Oma hat den anderen aus dem Bus ihre schicke Kette gezeigt und alle haben »OH!« und »WOW!« gerufen, und dann haben alle durcheinandergeredet und uns erzählt, was sie alles **UNBEDINGT** angucken **werden** und was wir alles noch **UNBEDINGT** angucken **müssen**.

Zwei Teenie-Mädchen aus dem Bus namens Pia und Mia haben nur so **ober-super-cool** gesagt: »Alles lahm - geht shoppen! Was denn sonst?« Emily, unsere nette Reiseleiterin, hat von vorn durch das Mikro gesagt, dass wir auf einen tollen Flohmarkt gehen sollen, und der Busfahrer hat gerufen, wir sollen unbedingt ein Bierchen in einem Londoner PUB* zischen.

Höhö. Ich glaube, der braucht eine Brille. Wir sind doch erst zehn.

[* Ein Pub ist kein Pups ohne »s«, sondern eine Kneipe. Man spricht es Pab aus.]

Nur ein Mann hat nichts gesagt. Er hat nur miesepetrig auf Omas Kette geguckt … **Neidisch? Vielleicht hat er noch nie was geerbt?** Er hat die ganze Zeit etwas in ein kleines Heft geschrieben. Sehr seltsam!

Und dann waren wir auf einmal da. Also fast. Erst mal waren wir auf einem Schiff.

Das ging von: FRANKREICH NACH ENGLAND. SO COOL!

Auf dem Schiff hat Blödi Patrick mir dann dauernd die Mütze weggezogen und sie vorn auf dem Schiffsgeländer aufgespießt. **MEINE SCHÖNE MÜTZE WÄRE BEINAHE INS MEER GEFLOGEN!**

Oma hat gesagt, früher in ihrer Jugend bedeutete

Mütze wegziehen = *Liebe zu einem Mädchen*

Da hat Ida die Ärmel hochgekrempelt und gemeint, heutzutage bedeutet

Mütze wegziehen = HAUE VON EINEM MÄDCHEN!

HAHA!

Da hat **Pudding-Patrick** sich erst mal nichts mehr getraut und lieber Möwen geärgert, und plötzlich konnte man eine Stadt sehen, und das war schon England.
Jetzt wollte Patrick angeben, wie gut er Englisch kann, und hat ganz laut gerufen: »Look at that town!«
Und auf einmal hat mein Diktiergerät **NOCH VIEL LAUTER** gebrüllt:

COOK THAT FAT CLOWN!

Der dicke Mann neben Patrick hat ihn ganz giftig angeguckt. Aber ... ähm ... mein Diktiergerät kann Englisch? Wie geht das denn?

Marie meinte, vielleicht kann sie ja mit meinem Diktiergerät ihr Englisch verbessern. Ich glaube irgendwie, das ist keine gute Idee ...

UND DANN WAREN WIR TATSÄCHLICH IN

England!

Und sofort haben wir einen RIESENSCHRECK bekommen!

Unser Bus ist nämlich auf der falschen Straßenseite gefahren!

Hilfe! Wir werden gleich sterben!!!

HILFE! WIR WERDEN REICH ERBEN!

Mann, dieses Diktiergerät ...
Aber wenigstens kann es noch Deutsch.

Professor ~~Stinker~~ Zinker hat nur laut gelacht.

HA HA HA HA HA HA HA HA!!

Und dann hat er gesagt, dass wir kleine Dummerchen sind, weil wir nicht wissen, dass in England **LINKSVERKEHR** herrscht. Hier fahren nämlich alle Autos links. Die haben sogar das Lenkrad auf der anderen Seite.

Da hat Oma ihn gefragt, ob in England die Leute aus diesem Grund auch alle ihren Pullover auf links tragen?

← So wie er?

Da ist er ganz **ROT** geworden und hat etwas gegrummelt und den Pullover richtig herum angezogen. **Hihi.**

SO EIN KLEINES DUMMERCHEN!

Aber er hatte recht – es sind tatsächlich alle links gefahren und außerdem immer ~~wie die Blöden~~ schwungvoll in solchen Kreiseln herum. Da wurde uns ganz schwindlig, besonders Flora.

Örks! Brech! Uuaaah!

Überhaupt war hier vieles ganz anders als zu Hause.

WAS IN ENGLAND ALLES ANDERS WAR ALS IN DEUTSCHLAND:

- In England fahren sie auf der linken Straßenseite. Auch die Radfahrer. Rollerfahrer. Dreiradfahrer.

- Sie haben hier andere Steckdosen. Marie hat gesagt, wenn man einen deutschen Fön da reinsteckt, kriegt man einen ELEKTRISCHEN SCHLAG. Marie hat mir das Leben gerettet! Sie ist so klug!

- Statt dem Lichtschalter baumelt in unserem Zimmer eine Schnur von der Decke, an der man ziehen muss, um das Licht ein- und auszuschalten. Das macht voll Spaß.

- Englische Kinder müssen Schuluniformen anziehen. Wir haben welche gesehen. Mit Schlips! Erst haben wir einen Schreck gekriegt und gedacht, es sind Erwachsene, die man geschrumpft hat. Obwohl das ja auch lustig gewesen wäre.

- In England gibt es keine Euros, sondern das englische Geld heißt Pfund. Es wiegt aber nicht ein Pfund, sondern viel weniger. Seltsam. Und im Laden bezahlt man dann ein Pfund für ein Pfund von irgendwas. Verwirrend.

- Hier kippen sie Milch in den Tee. Örks!

Im **HOTEL** hat der miesepetrige Mann aus unserem Bus sofort das beste Zimmer des Hauses verlangt sowie vier Kissen **extra** und vier Handtücher **extra**.

⟶ Sehr merkwürdig. Ida meinte, vielleicht hat er ja seine Frau heimlich im Koffer mitgeschleppt, weil er nicht den vollen Preis für sie bezahlen wollte?

Unbedingt weiter beobachten!

Nachmittags ist unsere Reisegruppe dann **gemeinsam** losgezogen, um ein bisschen **LONDON** anzusehen. Emily, unsere nette Reiseleiterin, hat uns alle gewarnt, dass wir vorsichtig sein sollen, weil es in London viele **TASCHENDIEBE** gibt.

↳ hat mein Diktiergerät sofort gebrüllt.

Das war ja lieb von Emily gemeint, aber wir sind doch nicht blöd. Hallo?

WIR SIND SCHLIESSLICH ~~DETEKTIVINNEN~~ MEISTERDETEKTIVINNEN!

Außerdem war in LONDON richtig schönes Wetter und überhaupt gar kein NEBEL.
Und Professor ~~Stinker~~ Zinker hatte ja gesagt, das Verbrechen passiert in LONDON immer nur im NEBEL!
Wir sind genau eine Straße weit gekommen, da musste Ida erst mal was essen.

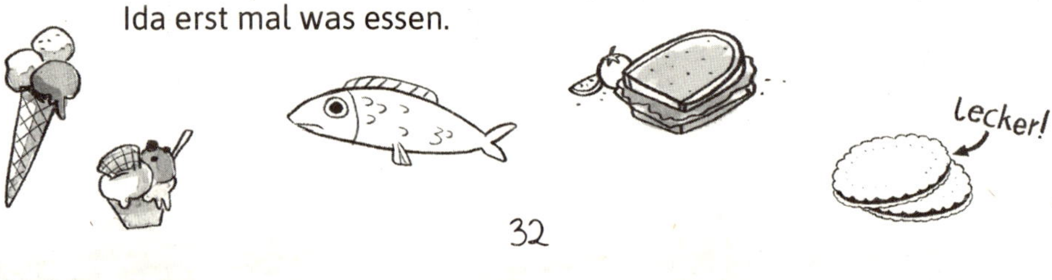

Sie ist in einen IMBISS gegangen, aus dem es interessant roch, und hat gesagt: »Hello!«
Und die Verkäuferin hat geantwortet: »Hello!«
Jetzt hat Ida wieder gesagt: »Hello!«
Die Verkäuferin hat auch wieder »Hello!« gesagt und Ida dabei verblüfft gemustert. Wahrscheinlich hat sie sich gefragt, woher ein kleines Mädchen aus Deutschland so hervorragend ENGLISCH kann.

SIE HABEN SICH JA FLIESSEND UNTERHALTEN!

Davon ermuntert, hat Ida gleich wieder »Hello!« gesagt. Sie hatte schon ganze rote Bäckchen vor Stolz. Die Verkäuferin wurde jetzt auch langsam rot im Gesicht **(VOR STOLZ?)**, aber sie hat leider nicht wieder »Hello!« gesagt, sondern etwas anderes und dabei auf die Schlange hinter Ida gezeigt. Das haben wir leider nicht verstanden.

ODER ZUM GLÜCK?

Da hat Ida Fish and Chips gekauft, das waren so dicke, fette Pommes mit Backfisch. **LECKER!**
Wir haben dann alle (außer Oma) davon gekostet. Örks!
Da war wirklich ganz viel Essig drauf. Ida hat es trotzdem gegessen und dann ist ein WUNDER geschehen.

NACH der HALBEN PORTION hat sie gesagt:

Ich glaube, ich bin Satt.

Was ?!

UNGLAUBLICH

DAS GAB'S NOCH NIE!

Wir haben dann mit den anderen die sehr schöne ~~AUA BRIDSCH~~ TOWER BRIDGE angeguckt und fotografiert. Nur Patrick nicht. Der hat **UNS** fotografiert und blöd vor sich hin gelacht, weil die Fotos garantiert behämmert aussahen. Manno!

Aber sonst war es schön, und wir wollten gerade noch mal einen Versuch starten, Pommes OHNE Essig zu kaufen, als Oma plötzlich ganz BLASS wurde und gerufen hat:

Meine schöne Goldkette ist **WEG!!!**

OH NEIN! MEINE ARME OMA!

KAPITEL 3. ES WIRD ZEIT FÜR LEUTE MIT P

PENNY PEPPER UND DIE POLIZEI!

Und Dschastin und Mailie finden einen neuen Freund.

Oma hätte beinahe angefangen zu weinen. Sie tat mir **SOOOOOOO** leid.

Vielleicht haben Sie die Kette ja irgendwo verloren, Frau Pepper?
Und jemand findet sie und gibt sie im Fundbüro ab?

NA, GENAU! SUPER MITGEDACHT, MARIE!

Aber Oma hat nur ganz leise gesagt, dass das nicht sein kann, weil sie die Kette nämlich um den Hals hatte. Weil sie in London *chic* aussehen wollte. Und wie soll sie die denn da verlieren? Hm. Seltsam, in der Tat.

WIE OMA DIE DIE KETTE VIELLEICHT VERLOREN HAT:

HYPOTHESE* 1:

? Vielleicht war die Kette rostig und kaputt und ist deshalb aufgegangen? Sie war ja schon uralt.

! Niemals, meint Oma. Die Kette war aus purem Gold, und das rostet nie!

HYPOTHESE 2:

? Oma hat die Kette vielleicht nicht richtig zugemacht?

! Kann nicht sein. Oma ist ja nicht so schusselig wie Rosamunde.

HYPOTHESE 3:

? Die Kette hatte Lust, London auf eigene Faust zu erkunden, und ist vom Hals gehüpft?

! Blödsinn, meint Marie.

HYPOTHESE 4:

☹ Mir fällt nichts mehr ein. Die Kette wurde geklaut!

* Eine Hypothese ist nicht das, wo man jemanden lange anstarrt, damit er halb einschläft und sich dann blamiert, ohne es zu merken. Das ist Hypnose. Eine Hypothese ist eine mögliche Erklärung für etwas. Zum Beispiel:

? Warum ist Ida immer so hungrig?

! **HYPOTHESE:** Sie hat einen Doppelmagen. Oder drei Mägen. Vier! Fünf! Sechs! Sieben, wie eine Kuh!

Professor ~~Stinker~~ Zinker hat sofort aufgeregt gerufen: »Ich sag doch, hier lauert das Verbrechen.« Und mein Diktiergerät hat geplärrt:

Also, das war jetzt echt ungünstig.

Die beiden Teenies **Mia** und **Pia** aus unserem Bus haben jetzt lässig gemeint, dass Oma sich doch einfach eine **NEUE** Kette kaufen kann. Mann, das war ein **Erbstück**, ihr ~~Knalltüten~~ etwas weniger klugen Mädchen! So was kann man nicht einfach noch mal kaufen! Außerdem haben sie dann so komisch miteinander geflüstert und gelacht.

WARUM? ⇒ VERDÄCHTIG!

Alle anderen Leute haben Oma bedauert, und Emily, unsere Reiseleiterin, hat Oma gedrückt und getröstet.
Nur der miesepetrige Mann hat wieder was in sein Heft geschrieben.
Was schreibt der da nur immer?

Vielleicht das hier?

MANFRED MÜLLER-MIESEPETERS TO-DO-LISTE:

- Kette von Oma Pepper klauen! Voll wertvoll. ✓ERLEDIGT.
- Halsband von nervendem Hund klauen. Voll silberig. Wertvoll?
- Noch mehr klauen, vielleicht was von …

Irgendwie ist der auch verdächtig. Außerdem heißt er Herr Müller. **ALS OB!** Es gibt nämlich ungefähr eine Million Müllers auf der Welt.

Garantiert ein **TARNNAME*!**

* Ein Tarnname ist ein falscher Name, den man benutzt, um zu verschleiern, wer man wirklich ist. Es muss aber ein ganz unauffälliger Name sein. Kasimira Krötenknutscher ist zum Beispiel **KEIN** guter Tarnname!

Vorläufiger Plan: HERRN MÜLLER UND PIA UND MIA UNBEDINGT HEIMLICH **OBSERVIEREN** ▶ DAS HEIẞT »BEOBACHTEN« !

Irgendwas ist faul an denen.

Am nächsten Morgen haben wir Herrn Müller an der **Hotel-Rezeption** beobachtet.

VIELLEICHT ZIEHT HERR MÜLLER JEDE NACHT UM, DAMIT ER OMIS KETTE IMMER IN EIN ANDERES VERSTECK LEGEN KANN?

➡ HÖCHST VERDÄCHTIG!

UND WAS MACHT ER DANN MIT SEINER FRAU IM KOFFER?

Dann hat unsere Reisegruppe eine Sightseeing-Tour gemacht. Oma war immer noch traurig, aber wenigstens haben wir was Schönes gesehen.

Nämlich den BUCKINGHAM PALACE

Dort wohnt die QUEEN, die Königin von England. Wir haben durch den Palastzaun geguckt, und dann kamen auf einmal ganz viele Soldaten an, in roten Hosen und mit **Fellmützen** wie Nussknacker auf dem Kopf, die bis über die Augen hingen.

Die Queen
Elizabeth II.

Sie sind **zackig** hin- und hermarschiert und alle Leute haben sie fotografiert. Nur Doofi Patrick nicht. Der hat uns fotografiert und dabei hinterlistig gelacht. **Mann ey!** Und Pia und Mia haben auch nichts fotografiert. Die haben rumgemault, weil man da nicht shoppen konnte.

hat mein Diktiergerät gebrüllt.

Woher kann dieses Ding bloß Englisch? Ich fasse es nicht!

Alle Leute haben uns angestarrt. ⇨ Nur nicht die Fellmützen-Männer. Die konnten ja sowieso nichts sehen. Und als ob das nicht schon peinlich genug gewesen wäre, ist **DSCHASTIN** plötzlich so stürmisch losgerast, dass Flora die Leine aus der Hand geflutscht ist. *Mailie* ist hinterhergedüst, am Zaun vom Buckingham Palace entlang. Sie haben beide **wie blöd** gebellt.

So peinlich!!!

Was, wenn sie der **QUEEN** auf die Nerven gehen und die sie im Tower einsperrt?

Kann sie ja. Sie ist ja die Bestimmerin, denn sie ist noch älter als Oma.

Wir sind den beiden hinterhergerast, und dann haben wir gesehen, warum sie so durchgedreht sind. Hinter dem Zaun stand ein kleiner ~~FETTER~~ königlich wohlgenährter Hund. Der Hund hat aber nicht zurückgebellt, sondern Dschastin und Mailie nur vornehm angeguckt. Und dann haben die drei sich durch den Zaun **beschnüffelt**. So unterhalten Hunde sich nämlich. Sie schnüffeln sich gegenseitig am Po.

SELTSAM UND ÖRKS.

WAS DIE DREI WAHRSCHEINLICH GESAGT HABEN:

Ich glaube, Dschastin und Mailie müssen erst noch lernen, wie man sich in England HÖFLICH benimmt …

WIE man sich in ENGLAND HÖFLICH benimmt:

1 HOW ARE YOU - WIE GEHT'S DIR?

Auf diese Frage darf man auf gar keinen Fall ausführlich antworten. »Nicht so gut, mein Papagei ist weggeflogen und mein Zahn tut weh und die Milch ist alle und ...« Man sagt immer nur »Very well, thank you!« und lächelt.

2 THE WEATHER - DAS WETTER

Über das Wetter reden die Leute in England ständig und am liebsten, weil es sich dauernd ändert. Man braucht deswegen auch nur einen einzigen Satz, nämlich: »Typical English weather, isn't it?« (Typisch englisches Wetter, was?) Passt immer, egal ob es stürmt, schneit, hagelt - oder die Sonne scheint. Dazu natürlich LÄCHELN.

3 EXCUSE ME! – ENTSCHULDIGUNG!

Engländer entschuldigen sich dauernd, selbst wenn ihnen jemand anderes auf die Füße tritt. Entschuldige dich also auch dauernd für alles und jeden, und zwar so: Excuse me! I beg your pardon! I am so sorry! I am really sorry! I am terribly sorry! I am EXTREMELY sorry!!!!! LÄCHELN.

4 THE ROYALS – DIE KÖNIGSFAMILIE

Falls du mal die Königin triffst, auf keinen Fall »Tagchen, altes Haus« rufen und auf die Schulter klopfen oder einen Kuss auf die Wange schmatzen oder abklatschen! Sondern einen leichten Knicks machen (keine Kniebeuge) und ansonsten am besten nur LÄCHELN.

5 AFTERNOON TEA – NACHMITTAGSTEE

Beim Afternoon Tea gibt es immer Gurkensandwiches und Scones*. Diese niemals in den Tee eintunken! Beim Teetrinken nicht rauchen! Nicht schlürfen, schmatzen oder aus einem Strohhalm trinken. Tasse mitsamt der Untertasse vorsichtig zum Kinn heben und vornehm daran nippen. Wenn der Tee durch das ewige Nippen kalt wird – Pech gehabt. LÄCHELN.

* Scones sind voll leckere kleine Brötchen-Dingerchen.

Am Nachmittag waren wir dann alle noch im Hyde Park. Der war **RIESIG**! Da waren Dschastin und Mailie endlich richtig **HAPPY**. Und Oma hat auch wieder ein bisschen gelächelt, weil es da so schön war. Und dann sind sie rumgedüst wie die Verrückten und in einen Springbrunnen gehüpft, um zu planschen.

Also nur unsere Hunde, Oma nicht.

Oma hat sich auf eine Bank gesetzt und ihre Schuhe ausgezogen, damit ihre Füße frische Luft schnappen können.

Herr Müller hat im Hyde Park vier verschiedene Liegestühle ausprobiert. Aber auf keinem ist er liegen geblieben, er hat immer nur das Gesicht verzogen. Wir haben es genau gesehen.

VOLL VERWÖHNT, DER MANN!

Doch als wir mit dem Bus zurück zum Hotel gekommen sind, herrschte in unserer Reisegruppe auf einmal eine **TOTALE** Aufregung!

- Die Geldbörse von einer Frau war weg!
- Das Handy von Patricks Mutter war weg!
- Der Fotoapparat von Pia und Mias Vater war weg!
- Die Sonnenbrille von Professor ~~Stinker~~ Zinker war weg!

Jetzt hat **ECHT** niemand mehr geglaubt, dass die Leute das nur verloren haben, sondern alle waren sich sicher:

HIER KLAUT JEMAND!!!

Emily, unsere Reiseleiterin, hat alle getröstet und umarmt und dann hat sie die Polizei angerufen. Es kam auch **SOFORT** ein Polizist. Ein echter englischer Bobby*.

* Alle Polizisten in England tragen schwarze Uniformen und schwarze Eierbecher-Hüte und heißen Bobby. Ich weiß auch nicht, warum. Vielleicht darf man in England nur Polizist werden, wenn man Bobby heißt? Unbedingt herausfinden, ob die Polizisten in Deutschland auch alle denselben Namen haben!

Der Polizist hat alle Leute aus der Reisegruppe befragt, was ihnen geklaut worden ist und wie wertvoll es war, und hat alles in ein kariertes Notizbuch geschrieben und immer wieder genickt und »I am so sorry« gesagt.

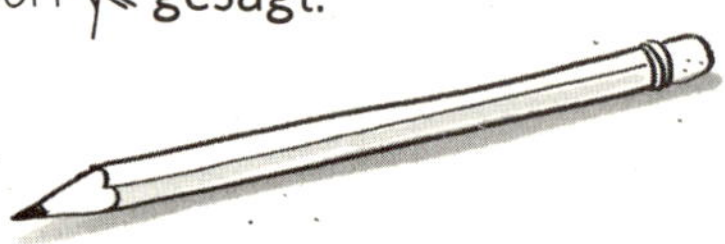

Dann hat er sein **Notizbuch** zugeklappt und gesagt, dass er das jetzt melden wird. Was anderes kann er leider nicht tun.

Oma sah jetzt ganz *hoffnungslos* aus. Wer auch immer meine Oma beklaut hat, ist ein ganz gemeiner mieser Mistkerl!

DAS MACHT MICH SOOOOO WÜTEND!

Flora, Marie, Ida und ich haben uns angeguckt und alle das Gleiche gedacht. Wenn die englische Polizei ~~so mega trantütig~~ *so zurückhaltend* ist, müssen eben die Profis ran. *Also wir, hüstel.* Deshalb haben wir uns gleich an den Händen und Pfoten gefasst und unseren tollen Detektivbandenspruch aufgesagt:

Bei allen sieben Winden, den Mistkerl werden wir finden!

Und zur Sicherheit haben wir uns noch einen Spruch auf Englisch ausgedacht.

→ Also nur Marie, ehrlich gesagt.

All four of us believe that we will catch this thief!

Mann, können wir schon gut Englisch!

KAPITEL 4.

EINE WICHTIGE ENTDECKUNG, MEHRERE VERDÄCHTIGE UND EIN SELTSAMER FUND. ES WIRD IMMER MYSTERIÖSER!

→ Und mein Diktiergerät mischt ganz London auf.

Am nächsten Tag haben Ida, Marie, Flora und ich dann auch gleich eine Liste von möglichen VERDÄCHTIGEN gemacht.

Mehr fiel uns erst mal nicht ein.
Das war jetzt echt oberdoofer Blödmist, weil London ja **riesengroß** ist und es ungefähr sieben Millionen Jahre dauern würde, bevor wir da etwas herausfinden würden.

Flora hat dann ihr Handy rausgeholt, um die Fotos anzugucken, die sie bislang gemacht hat. Weil wir darauf genau sehen können, wo wir überall gewesen sind, denn nur da war ja auch der **DIEB**. Super Idee, Flora!

Also haben wir uns die **FOTOS** angeguckt:

»HALT!«, hat Marie da plötzlich ganz laut gerufen.

⇨ Flora hätte beinahe ihr Handy fallen lassen vor Schreck.

Marie hat nur ein Auge zugekniffen und ein Foto näher rangezoomt. Darauf war Oma zu sehen, wie sie aus dem Bus aussteigt.

BINGO! SEHT IHR DAS?

WAS DENN?

Als Antwort hat Marie noch ein weiteres Foto herangezoomt. Auf dem saß Oma noch im Bus.

»Hier«, hat Marie gesagt. »Im Bus hat deine Oma die Kette noch um den Hals.«
Sie hat auf das Foto gezeigt.
»Und hier«, jetzt hat sie auf das Bus-Aussteige-Foto gezeigt, »ist die Kette bereits weg.«

TATSACHE!
MARIE HAT RECHT!

Und Adleraugen!

DAS IST JA DER HAMMER!

Wir haben also beschlossen, dass wir die Leute aus der Reisegruppe mal genauer unter die Lupe nehmen müssen. Und weil wir heute alle gemeinsam den TOWER OF LONDON angucken wollten, hatten wir auch prima Gelegenheit dazu, denn da saß unser DIEB ja mit im Bus.

Im Bus ist uns als Allererstes aufgefallen, dass Professor ~~Stinker~~ Zinker seine Sonnenbrille doch noch hatte. Von wegen geklaut! Er hat nämlich gerade

Oma mit schleimigem Lächeln ein Hustenbonbon angeboten und hatte die Brille dabei auf der Nase.

Mann, dieses Diktiergerät ...

Also – wieso hat er jetzt die Sonnenbrille auf, wenn sie ihm doch gestern angeblich geklaut worden ist?
Flora meinte, dass er damit nur von sich **ABLENKEN** wollte und deshalb gestern so getan hat, als ob er auch ein **KLAU-OPFER** ist.
IDA meinte, es interessiert sie eigentlich mehr, warum er ihr kein Bonbon angeboten hat, und **MARIE** meinte, vielleicht hat er die Brille ja wiedergefunden oder er hat einfach noch eine Ersatzbrille? Wie ihr Papa.

HM. MÖGLICH. TROTZDEM KOMMT
Professor ~~Stinker~~ Zinker
AUF MEINE LISTE.

MÖGLICHE VERDÄCHTIGE

- ~~Irgendjemand aus London~~.
- Irgendjemand aus unserer Reisegruppe
- Professor ~~Stinker~~ Zinker

Außerdem haben Pia und Mia wieder die ganze Zeit miteinander geflüstert und sich heimlich was GOLDEN FUNKELNDES gezeigt und dabei so hinterlistig gelacht.

WAS HABEN DIE DA? ETWA OMAS KETTE?

Dann haben sie sich noch ganz laut darüber unterhalten, was sie in London alles **SHOPPEN** wollen.

»Säkendhänd-Lederjacke und voll geile Turnschuhe und irre schicke Tops und Diiieeehseiner-Shörts und …«

Hallo? Da fragt sich doch jeder vernünftige Mensch (also ich zum Beispiel), woher die so viel Geld haben.

Ich wollte meine interessante Beobachtung meinen Freundinnen mitteilen, als Flora auf einmal gequiekt hat:

Ihhhhhhhhhh!

Denn hinter ihrem Sitz schwebte MEINE MÜTZE hoch und darauf saß eine Sonnenbrille und auf der Sonnenbrille saß ein WURM! Und Pudding-Patrick hat sich hinter uns halb kaputtgelacht, der hatte die Mütze nämlich wie eine Kasperpuppe auf der Hand.

Ida hat sich den Wurm gleich geschnappt und ihn Bertie getauft. Sie will ihn im HYDE PARK aussetzen, damit er dort ein schönes Leben führen kann. Und ich hab meine wurmfreie Mütze geschnappt und da fiel die Sonnenbrille runter. Moment mal … Eine Sonnenbrille? Wieso hat Patrick die? Weil ...

… PATRICK DER DIEB IST!

LOGISCH!

»Patrick, du SCHURKENGURKE, rück sofort die Kette von meiner Oma raus«, hab ich gezischt. »Und die Sonnenbrille von Stinkerchen und die anderen Sachen auch!« Aber Patrick hat nur **»HÄ?«** gemacht und ganz ahnungslos getan und behauptet, das wäre SEINE Sonnenbrille. → Na, sicher doch!

Als wir zum TOWER OF LONDON gekommen sind, hat Mia und Pias Papa geseufzt und gesagt, dass er ja jetzt leider keine Fotos machen kann, weil gestern sein toller und superteurer **Fotoapparat** geklaut wurde, aber da hat der miesepetrige Herr Müller plötzlich gemeint:

Der Vater von Pia und Mia ist ganz krebsrot im Gesicht geworden und hat etwas **VOLL KRASSES** geantwortet, das ich leider nicht wiederholen darf, aber was uns noch mehr interessiert hat, war:

WOHER WEISS DER OLLE MÜLLER DAS EIGENTLICH?

Etwa, weil er den **Fotoapparat** selbst schon weiterverkaufen wollte und nichts dafür bekommen hat? Höchst interessant! Der kommt gleich mit auf die Liste.

VERDÄCHTIGE:

PUDDING-PATRICK
➡ hatte die Stinker-Sonnenbrille in seinem Besitz!

PIA+MIA
➡ haben massig Geld zum Shoppen. Woher?

Herr Müller
➡ weiß, was der geklaute Fotoapparat wert ist. Wieso? Benimmt sich außerdem äußerst seltsam, verwöhnt und verdächtig!

Professor ~~Stinker~~ Zinker

➡ hat seine Sonnenbrille doch noch, obwohl sie ihm angeblich geklaut wurde. Von Patrick, siehe oben. Arbeiten die beiden eventuell zusammen? Wenn sie aber JEDER eine Sonnenbrille haben, dann bedeutet das, dass … Ja, was eigentlich? Mann, das ist voll verwirrend!

Flora hatte jetzt Hunger und hat mit Ida zusammen was gekauft, das SHORTBREAD hieß.

SHORTBREAD = KURZES BROT

Eigenartig. Wieso haben die in England kurzes Brot? Ida meinte, in Frankreich haben sie Baguette, das ist langes Brot, und in England haben sie eben SHORTBREAD, das ist kurzes Brot. Warum auch nicht? Und dass wir ein Brot nicht nach seinem Aussehen beurteilen sollen, denn das ist gemein gegenüber dem armen Brot. Und dass sie jetzt gern mal ein Stück kosten möchte, kurz oder lang.
Das Shortbread war aber gar kein Brot.
Es waren leckere Butterkekse.

Dann haben wir den ~~AUA~~ TOWER OF LONDON besichtigt. Dort haben sie früher die Verbrecher in finstere Verliese eingesperrt. Bei Wasser und Brot!

ICH HAB IDA, FLORA UND MARIE ZUGEFLÜSTERT, DASS DAS DOCH AUCH HEUTE NOCH EIN GEMÜTLICHES PLÄTZCHEN FÜR UNSEREN DIEB WÄRE, HÖHÖ.

Heute sperren sie aber keinen mehr in den Tower ein, jetzt schwirren dort nur noch lauter schwarze Raben herum, wegen der Legende von den Tower-Raben.

Die Raben sind schon immer gern beim Tower herumgeflattert. Aber einmal hat sich ein englischer König namens Charles furchtbar über sie aufgeregt, weil er gern Sterne angeguckt hat und die Raben ihm immer auf sein kostbares Teleskop gekackt haben. ➔ Örks.

Er wollte die Raben loswerden, doch da hat ihn jemand vom Königshof **GEWARNT** und gesagt, wenn es im Tower keine Raben mehr gibt, dann geht das ganze Königreich zugrunde.

Da bekam Charles einen Schreck und seitdem dürfen die Raben dort wohnen.
➔ Das Teleskop haben sie lieber woanders hingeschafft. Warum nicht gleich so?

Damit die Raben nicht wegfliegen, kriegen sie ihre Flügel immer vom **RABENMEISTER** gestutzt. Außerdem kriegen sie voll ~~gruslige~~s leckeres Raben-Futter - rohes Fleisch und mit Blut getränkte Kekse. Aber wenigstens gibt es England noch. Für so einen guten Zweck verfüttert man doch gern einen kleinen Blutkeks.

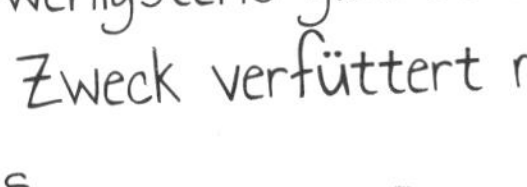

Örks.

Einer von den Raben ist auch tatsächlich ein Stückchen hochgeflattert und alle Leute haben so: »Hhhhhhhhh!« gemacht, aber dann hat der Rabe nur aus der Luft runtergekackt, und zwar auf Patricks Kapuze.

Dann mussten wir EWIG warten, weil Pia und Mia nämlich zum Shoppen abgehauen sind »garantiert von Omas Ketten-Geld!« und nicht rechtzeitig zum Bus zurückgekommen sind.

Professor ~~Stinker~~ Zinker hat die Gelegenheit genutzt und allen erzählt, was er über den TOWER OF LONDON weiß.

Oma findet übrigens mittlerweile, dass Professor ~~Stinker~~ Zinker ein netter GENTLEMAN ist.

HAHA. EHER EIN NETTER DIEB!

Da haben wir uns lieber die Männer namens **BEEFEATER*** angeguckt.

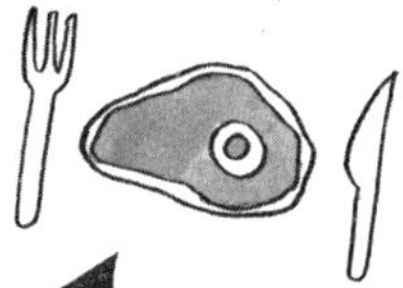

* Die Beefeater sind so eine Art Rumsteh-Polizei am Tower. Sie haben sehr schicke Uniformen an und haben früher irgendwie Fleischklößchen oder so als Bezahlung bekommen. Ida meinte, das ist ab jetzt ihr Traumberuf.

Ich habe mich dann sogar getraut, zu dem einen Beefeater was auf Englisch zu sagen.

Mann ey, dieses Diktiergerät … Jetzt haben alle Leute nicht mehr die Raben fotografiert, sondern mich!

Dann sind wir mit dem Bus zu unserem HOTEL zurückgefahren, aber mit unseren Ermittlungen waren wir leider noch kein Stück weitergekommen. **SO EIN MIST**.
Flora war außerdem sauer, weil das Shortbread in ihrer Tasche voll zerkrümelt war, und hat die ganze Packung in den Mülleimer vor dem Hotel geschmissen. Jetzt war Ida sauer, weil man das ja noch hätte essen können. Sie wollte das Shortbread aus dem Müll wieder rausholen, aber Flora hat gesagt, das ist voll EKLIG, und Marie hat gesagt, das stimmt, und beinahe hätten wir uns alle gestritten, aber da habe ich in dem **Mülleimer** was entdeckt.

UND ZWAR …
EIN KARIERTES NOTIZBUCH!

»Hm. Das kenne ich doch …
Wo hab ich das nur schon mal gesehen?«
Das Notizbuch hatte so goldene Schrift vorne drauf, darauf stand Bookshop Arthur Smith. Marie hat gesagt, das heißt »Buchladen Arthur Smith«. Aha.
Daher kam das Notizbuch also. Aber wem gehörte

es? Dann ist es mir eingefallen. Das war doch das Notizbuch, in das der Polizist gestern alles aufgeschrieben hat. Wieso lag das denn hier im Müll? Hat der es aus Versehen da reingeworfen? Sehr seltsam. Ich habe also das Notizbuch vorsichtig aus dem Müll gefischt - örks -, um es ihm zurückzubringen. Und als ich es so in der Hand hatte, hab ich überlegt, ob der Polizist wohl dieselben Leute verdächtigt wie wir? Das hat mich schon brennend interessiert, obwohl man ja eigentlich keine fremden **Notizbücher** lesen darf …

Na gut. Wenn die darauf bestehen. Und deshalb habe ich das **Notizbuch** von dem Polizisten aufgemacht. Vorn drin stand als Erstes ein Name. ⇨ *John Miller*.

Der hieß also nicht Bobby? Interessant. Und dann habe ich weitergeblättert, um seine Aufzeichnungen zu lesen, und da drin stand …

NICHTS!!!

Es waren nur lauter Männchen reingemalt, wie Ida sie immer in ihr Matheheft kritzelt, wenn sie im Unterricht ~~nur noch Bahnhof versteht~~ nicht mehr ganz folgen kann.

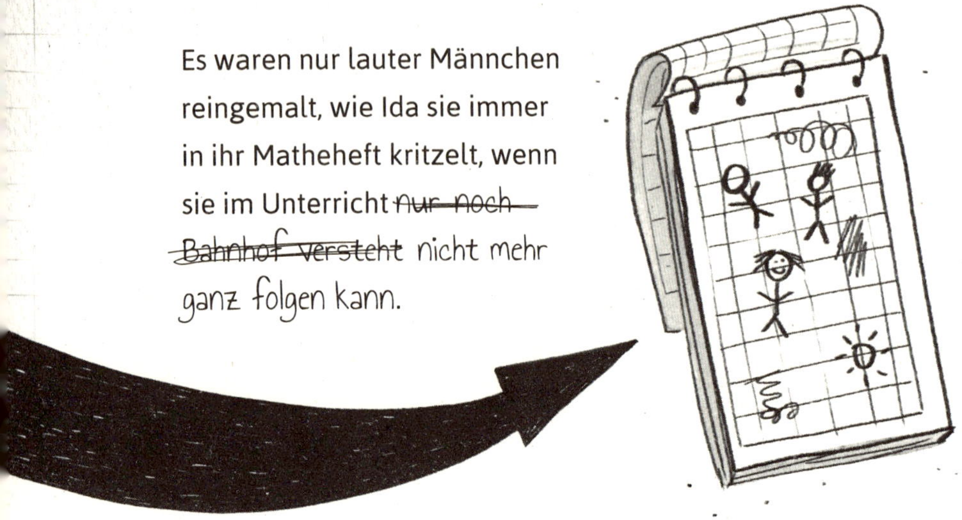

Aber wieso hat der englische Polizist eigentlich nur Männchen gemalt und gar nichts aufgeschrieben???

KAPITEL 5.

WIR FAHREN BEINAHE NACH SCHOTTLAND.

EINIGE GEHEIMNISSE WERDEN GELÜFTET.

Und jemand verfolgt uns!

Am nächsten Tag haben wir alle zusammen eine STADTTOUR gemacht, denn wir sollten endlich Big Ben sehen.

Was ist eigentlich mit »Little Ben«? Der tut mir richtig leid, keiner will ihn sehen.

Das war die **perfekte** Gelegenheit, um unsere Verdächtigen zu OBSERVIEREN.

Das seltsame Notizbuch von dem Polizisten hat uns ja definitiv nicht weitergeholfen. »Außer vielleicht wenn man lernen wollte, wie man komische Männchen malt.«

ALS ERSTES haben wir uns Professor ~~Stinker~~ Zinker vorgeknöpft. Das war total einfach, weil der sowieso die ganze Zeit neben uns saß und auf Oma eingeredet hat.

ZUMINDEST BIS SIE NACH EINER WEILE GESAGT HAT:

Junger Mann, jetzt holen Sie aber erst mal Luft und machen 'ne Pause. Sonst fallen mir noch die Ohren ab.

Junger Mann! Dabei ist der mindestens so alt wie Oma! Erwachsene sind manchmal echt drollig.

Aber aus dem ~~Gequassel~~ interessanten Gespräch hab ich zumindest erfahren, dass **BIG BEN** eine große Uhr ist. Und das »LONDONER AUGE« ist ein Riesenrad. Ach so. Jetzt kam ich mir schon ein bisschen dämlich vor. **BIG BEN** heißt nämlich die schwerste Glocke des berühmten Uhrturms in London.

DINGDONGDINGDONG D

Big Ben war auch wirklich ein sehr riesiger Ben. Es wäre trotzdem

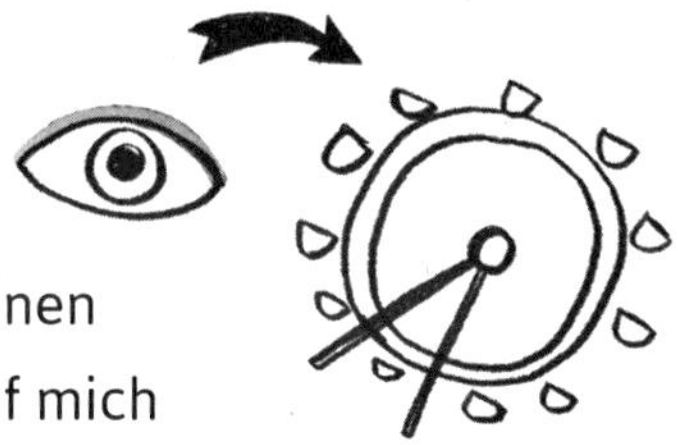

niedlich gewesen, wenn sie daneben einen kleinen Ben aufgestellt hätten, aber auf mich hört ja keiner.
Dann hatten alle aus unserer Reisegruppe ein wenig Zeit zum Rumgucken und Souvenirskaufen, und plötzlich ist Professor ~~Stinker~~ Zinker ganz schnell abgehauen.

WIR KONNTEN IHN GERADE NOCH WEGSCHLEICHEN SEHEN. AHA!

Wenn der mal jetzt nicht sein Diebesgut AN DEN MANN BRINGEN* will.

* An den Mann bringen bedeutet nicht, dass man einem fremden Mann irgendwas bringt, sondern dass man etwas erfolgreich verkauft. An das Kind bringen kann man aber nichts, das ist wieder mal typisch!

Doch genau in dem Moment ist unser zweiter Verdächtiger, nämlich Herr Müller-Miesepeter, AUCH weggeschlichen. Was nun? **MIST. MIST. MIST.**

DONGDINGDONGDINGDONGDI

MARIE HAT VORGESCHLAGEN, DASS WIR UNS TEILEN.

MARIE UND FLORA VERFOLGEN HERRN MÜLLER.

IDA UND ICH VERFOLGEN DEN PROFESSOR.

Ach so, nur in Gruppen teilen.
Puuuh. Glück gehabt!

Und dann berichten wir uns gegenseitig über Walkie-Talkie, was passiert. NA KLAR! GENAU! Fast habe ich mich ja ein bisschen geärgert, dass ich nicht selbst darauf gekommen bin.

Ida und ich sind also Professor ~~Stinker~~ Zinker unauffällig hinterhergeschlichen, und zum Glück ist er auch gar nicht weit gelaufen, sondern bei einer anderen Reisegruppe stehen geblieben. AHA! Alles klar!

Wahrscheinlich wollte er dort Omas Kette und den Fotoapparat und seine eigene Sonnenbrille und das Handy an den Mann bringen.

Aber dann meinte Ida, dass er ja gar keine Tasche mit Diebesgut bei sich trägt. Hm. Stimmt. Wow, Ida! Was bist du ~~intelliehgent~~ ~~intelligänt~~ ~~intölligent~~ schlau!

Und außerdem hat Professor ~~Stinker~~ Zinker sich jetzt vor die fremde Reisegruppe hingestellt und erst mal eine Runde gehustet, bis alle ihn erwartungsvoll angeguckt haben, und dann hat er

GENAU DASSELBE

noch mal erzählt, was er uns und Oma auch schon dreimal erzählt hat.

ACH MANNO. DER WOLLTE NUR WIEDER ANGEBEN. NICHTS WEITER.

Jetzt hat es aus meinem Walkie-Talkie geknattert.

»… Müller futtert Fish and Chips. Ganz viel.«

»Wie viel?«, hat Ida sofort ~~gierig~~ interessiert zurückgefragt.

»Vier Portionen aus verschiedenen Läden.«

HÄ? Herr Müller isst vier Portionen Fish and Chips? Wie merkwürdig. Dabei ist der ganz dünn.

Jetzt war die Zeit um und wir sollten die anderen wieder vor BIG BEN treffen. Aber als wir ankamen, hat Patricks Mutter gerade rumgejammert, weil jemand nämlich den EHERING von Patricks Vater geklaut hat. Und er hat es nicht mal mitgekriegt.

Boah! Vom Finger weg. Nicht zu fassen!

Patricks Vater meinte, der Ring saß halt ein wenig locker, weil er ja in letzter Zeit so SPORTLICH-SCHLANK geworden ist, und dass das doch egal ist.

Mann ey, dieses Diktiergerät!

Jetzt war Patricks Mutter noch wütender und hat noch mehr gejammert und unsere **Reiseleiterin** Emily musste sie trösten. Flora, Ida, Marie und ich, wir haben uns nur angeguckt und an etwas ganz anderes gedacht.

WIR HABEN NÄMLICH SOFORT MESSERSCHARF ETWAS KOMBINIERT*!

[* Kombinieren ist, wenn man in Gedanken endlich herausfindet, was irgendwie zusammenpasst. Oder auch, was nicht. Ida und Diät passen zum Beispiel nicht zusammen.]

WEDER HERR MÜLLER NOCH PROFESSOR STINKER ZINKER KÖNNEN DEN RING GEKLAUT HABEN.
→ DENN DIE BEIDEN HABEN WIR JA DIE GANZE ZEIT BEOBACHTET.

Und Fotoapparate oder Handys haben sie auch nicht verkauft. Ich glaube, die beiden sind ~~vielleicht~~ ~~möglicherweise~~ ein klitzekleines bisschen unschuldig?

Da hat Flora uns angestupst und gesagt:

»Ey Leute, seht ihr, was ich sehe?«

JA! Wir haben gesehen, was sie sieht. Nämlich wie Pia und Mia getuschelt und gekichert und sich heimlich wieder dieses **GOLDENE** gezeigt haben.

Omas Kette, garantiert!

Jetzt war alles klar – Mia und Pia waren die Diebe! Diese fiesen kleinen

VERBRECHER!

Im Grunde hätten wir die beiden gleich verhaften können, aber es war leider kein Polizist in der Nähe.

In dem Moment haben Mia und Pia zu ihren Eltern gesagt, dass sie »was erledigen müssen«, und da mussten wir natürlich **unauffällig** hinterher.

KANN MIR SCHON DENKEN, WAS DIE ERLEDIGEN MÜSSEN. NOCH MEHR KLAUEN.

Wir haben also zu Oma gesagt, dass wir ein bisschen … äh … mit Mia und Pia shoppen gehen wollen, und Oma hat gesagt, wir sollen nicht so weit weggehen und alle zusammenbleiben, und sie trinkt inzwischen mit *Professor Zinker* einen Tee.
Wir sind also unauffällig hinter Mia und Pia hergelaufen.

Das war total schwierig, weil die vor **JEDEM** Schaufenster stehen geblieben sind.

»Oh, guck mal! Wie toll/süß/geil/cool!«

Ida hat gestöhnt, weil das voll langweilig war, und geflüstert, warum die beiden sich nicht wenigstens **Bäckereien** angucken. Doch in dem Moment sind Pia und Mia losgesprintet wie die Verrückten und zu einem roten **Doppeldeckerbus** gerannt.

Wir haben es gerade noch geschafft, in den Bus zu springen. Zum Glück waren da so viele Leute, dass die beiden

uns nicht gesehen haben. Doch als wir drinstanden, ist Flora ganz blass geworden.

»Auweia. Wir dürfen doch gar nicht so weit weg.«

Stimmt. Schluck. Und wir hatten außerdem keine Ahnung, wohin der Bus fährt.

WOHIN DER BUS VIELLEICHT FUHR:

⇨ NACH SCHOTTLAND!

⇨ NACH ~~IRRLAND~~ IRLAND!

Marie meinte aber, das kann nicht sein, da ist ein Meer dazwischen. Gott sei Dank, dass wir Marie dabeihaben.

⇨ NACH WALES!

Da verstehen wir noch weniger, die sprechen nämlich Walisisch. Und meine arme Oma sucht uns inzwischen …

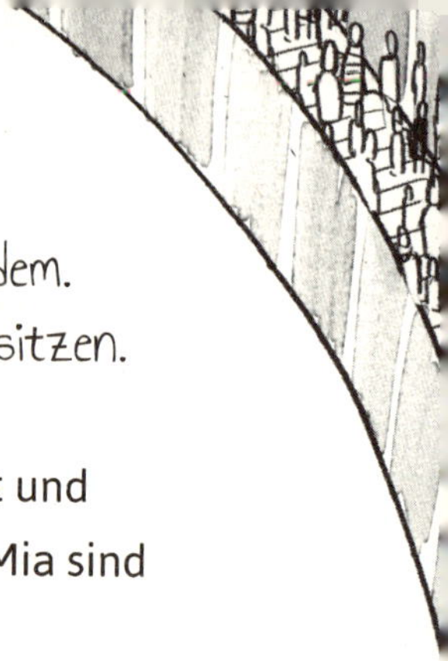

Aber cool war der Bus trotzdem.
Man konnte oben und unten sitzen.

Der Bus ist jetzt wild durch London geruckelt und dann hat er wieder angehalten und Pia und Mia sind ausgestiegen.

»HINTERHER!«

Aber anstatt in das nächste Geschäft zu gehen, wie sich das für Teenager gehört, sind die beiden zur **U-BAHN-STATION** gelaufen, und uns blieb nichts weiter übrig, als wieder hinterherzurennen.
Menno. Wo führen die uns hin?
Die U-Bahn-Station war voll verwirrend. Zum Glück hatten wir ein Tagesticket für ganz London, aber es war total schwierig, zu der **blöden** Rolltreppe zu kommen, denn da war so eine fiese Sperre, die uns nicht durchgelassen hat. Voll gemein! Alle anderen Leute sind einfach durchgeflutscht.
Pia und Mia waren schon fast unten auf der Rolltreppe.
Zum Glück hat uns dann ein Mann gezeigt, dass man das Ticket an so einen Scanner halten musste.

Da ging es auf einmal.

WIE PEINLICH, DASS WIR SO BLÖD SIND!

Zum Glück kennen wir hier niemanden und niemand aus unserer Klasse wird es je erfahren. Hoffentlich …

Unten am Bahnsteig haben wir uns dann wieder in Pia und Mias Nähe geschlichen. Als die **U-BAHN** kam, hat plötzlich eine Stimme aus dem Lautsprecher gebrüllt:

»MIND THE GAP!«

Was hieß das? War das wichtig? Marie hat schnell in ihrer Übersetzer-App nachgeguckt.

Mind hieß **VERSTAND** und **Gap** hieß **LOCH**. **HÄ?**

Warum schreien sie in London verwirrendes Zeug über einen **löchrigen VERSTAND** durch die U-Bahn-Station? **HILFE!**

Wir konnten aber nicht weiter darüber nachdenken, denn jetzt wurden wir mit mindestens zwei Millionen anderen Leuten in die Bahn gequetscht. Dann sind wir **EWIG** rumgefahren und mussten uns dauernd in dem krachvollen Abteil den Hals verrenken, damit wir nicht verpassen, wo Pia und Mia aussteigen. Als ich schon gedacht habe, dass ich jetzt für den Rest meines Lebens mit **löchrigem VERSTAND** in der Londoner U-Bahn im Kreis herumfahren muss, sind sie endlich aufgesprungen und ausgestiegen. Wir hatten nicht die leiseste Ahnung, wo wir waren.

ES WAR EIN PLATZ NAMENS

Marie meinte, wir befinden uns immer noch in London. Glück gehabt!

Jetzt sind Pia und Mia in ein Geschäft gegangen und haben endlos Klamotten anprobiert. Gähn. Flora, Ida, Marie und ich haben uns inzwischen hinter den ganzen Kleiderständern versteckt, damit sie uns nicht entdecken. Dummerweise wollte Mailie jetzt unbedingt die Wade von so einer Schaufensterpuppe haben und hat immer an der Leine gezerrt. Schließlich hat sie die Wade zu fassen gekriegt und hat glücklich darauf rumgekaut, aber jetzt ist Dschastin neidisch geworden und hat GANZ LAUT gebellt.

Wir hatten totale **PANIK**, dass man uns entdeckt. Aber Pia und Mia waren im **EINKAUFSRAUSCH** und eine Verkäuferin war zum Glück nicht in der Nähe … Dann ging es endlich ans **BEZAHLEN**, und das war ja nun der wichtigste Teil, deshalb sind wir rangeschlichen, um zu sehen, ob sie der Verkäuferin jetzt Omas Goldkette anbieten.

Ey, nehmen wir unsere goldene **KREDITKARTE***?

Und dann hat sie das **GOLDEN BLINKERNDE** rausgeholt.

Ach so. Es war nur eine goldene Kreditkarte. Nicht Omas Kette …

Nee, lieber unsere Platin-Kreditkarte, da ist mehr Geld drauf.

➡ Dazu haben sie gelacht wie Klapperschlangen.

[* Eine Kreditkarte ist Geld, was man gar nicht hat. Sieht aus wie ein Bibliotheksausweis, ist aber viel wertvoller und toller. Man kann für tausend Pfund damit shoppen gehen. Nur muss man das Geld dann zurückzahlen, sonst gibt es Ärger.]

WOW. Die beiden sind einfach nur ~~stink~~steinreich. Noch reicher als Flora.

ACH SO.

Jetzt waren sie zwar nicht mehr ganz so verdächtig, aber verfolgen mussten wir sie trotzdem weiter. Einfach aus dem Grund, weil wir nicht wussten, wie wir sonst je im Leben wieder zu **BIG BEN** kommen sollten.

LONDON IST JA SOOOOOOO RIESIG! TAUSENDMAL GRÖSSER ALS SCHNUCKENDORF!

Doch dann haben wir sie verloren, weil Ida unbedingt einen **Hotdog** essen musste, und dann wussten wir überhaupt nicht mehr, wo wir waren. Wir wollten gerade Oma anrufen, doch dann geschah ein Wunder. Plötzlich standen Pia und Mia vor uns und haben: »Huhu! Wart ihr auch shoppen?« gesagt. Mann, waren wir froh, dass wir die wiedergefunden hatten! Auch wenn sie immer noch ~~ein bisschen~~ ~~also so halb~~ ein minipupsi-bisschen verdächtig waren.

Wir sind dann zusammen mit der U-Bahn zu Big Ben zurückgefahren. Es hat wieder jemand »MIND THE GAP!« gebrüllt und Pia und Mia haben gesagt, das bedeutet so viel wie »Achten Sie auf die Lücke zwischen Zug und Bahnsteigkante.« Ach so. Also da wären wir nie im Leben drauf gekommen … Diesmal waren nur ganz wenige Leute im Abteil. Deshalb konnte ich ein Plakat sehen, auf dem vor **TASCHENDIEBEN** gewarnt wurde.

»Guckt mal«, hat Mia gesagt und auf das **PLAKAT** gezeigt. »Ich wette, der Dieb, der unseren Papa beklaut hat, hat auch so was gemacht.«

Pia hat genickt und gesagt »Unser armer Papa!«

Ich glaub, ehrlich gesagt, die zwei sind überhaupt nicht mehr verdächtig. Ich hab genickt und mir das Plakat genauer angeguckt.

IRGENDWAS DARAUF KAM MIR SO BEKANNT VOR. ABER ES FIEL MIR EINFACH NICHT EIN, WAS ES WAR. MIST.

Als wir bei BIG BEN angekommen sind, war Oma schon ganz aufgeregt, weil wir so lange verschwunden waren. Da hab ich mich ein bisschen geschämt, weil Oma doch schon traurig genug ist wegen ihrer Kette.

Nachmittags sind wir wieder zum Hyde Park, weil es da so schön ist und Oma den Rasen dort so liebt.

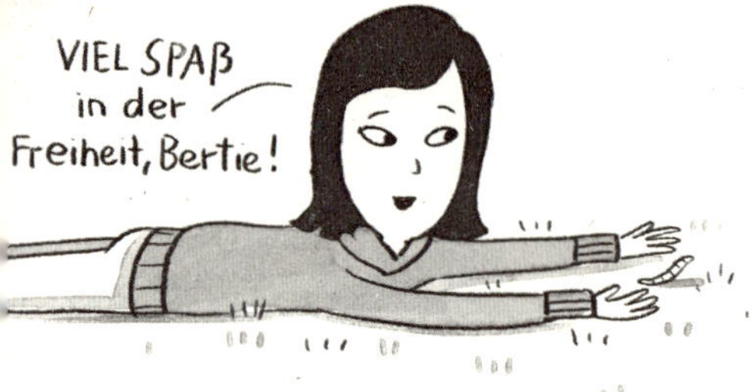

Sie sagt, der ist wie ein Teppich. Ida hat als Erstes Bertie, den Wurm, freigelassen. Er war wahnsinnig glücklich und ist sofort in eine schicke Graslaube eingezogen.Dann sind wir rumgelaufen, und plötzlich habe ich gemerkt, dass uns jemand **verfolgt**. Dschastin und Mailie haben sich nämlich dauernd umgedreht und gejault. Etwa der

TASCHENDIEB?

ICH BIN LANGSAMER GEWORDEN UND HABE MEINEN DETEKTIVINNEN ZUGEFLÜSTERT:

Aber hinter uns stand kein Dieb.
Sondern ... der königliche Corgi.

KAPITEL 6. ES REGNET IN ENGLAND ANGEBLICH KATZEN UND HUNDE.

→ Und wir machen jemanden glücklich.

Na so was! Das war doch Dschastins und Mailies Freund von neulich. Er lief hinter uns her und wollte ganz offensichtlich mit den beiden spielen. Wo kam der auf einmal her?
Dschastin und Mailie haben sich auf ihn gestürzt und ~~ihm fast den Kopf abgebissen~~ ihn freundlich begrüßt.
Dann sind sie alle drei wie die Bekloppten losgerannt, obwohl Hunde doch gar nicht im Hyde Park herumrennen durften.

Und dann sind sie immer schneller geworden und immer weiter weggelaufen. Die würden sich doch hier voll verlaufen.

Deshalb hab ich ganz laut gebrüllt:

hat mein Diktiergerät da gebrüllt.
Mann, dieses Diktiergerät …

Aber wenigstens sind jetzt viele Leute stehen geblieben und haben versucht, Dschastin und Mailie und den königlichen Corgi einzufangen. Sie waren jetzt schon fast am Ausgang vom Park, und beinahe hätte ich angefangen zu weinen, weil ich meine süße Mailie nie im Leben wiedersehen würde, aber da hat jemand Mailie und Dschastin BLITZSCHNELL am Halsband gepackt und festgehalten. Es war ein Junge.

Schluck. Ausgerechnet der. Der letzte **Verdächtige**, der auf unserer Liste überhaupt noch übrig ist.

OBWOHL → Warum sollte Patrick seinem Vater den Ehering klauen? → Patrick geht auch nie shoppen – was hätte er davon? Hm. → Ist Patrick vielleicht auch unschuldig?

Ähm, danke, Pud… äh … Patrick.
Sehr ähm … nett von dir!

Er hat uns die Hunde zurückgebracht, und dann ist er mit uns zu Oma gelaufen, die saß nämlich mit Professor Zinker auf dem kostbaren englischen Rasen und hat dort ein echt englisches Picknick gemacht. Ida sind fast die Augen rausgefallen.

Also nicht in ECHT. Das sagt man nur so.

Patricks Eltern haben sich gerade daneben hingesetzt, aber vorher hat Patricks Mutter den Rasen kontrolliert, ob da auch ja kein Dreck drauf ist. Dann hat sie Patrick ein **Desinfektionsmittel*** gegeben, damit er sich die Hände sauber macht, weil er ja **WILDE TIERE** angefasst hat.

DAMIT MEINTE SIE MAILIE UND DSCHASTIN.

So eine ~~blöde Tussi~~ besorgte Mami!

* Ein Desinfektionsmittel ist eine stinkende Flüssigkeit, die alle Keime killt. Damit man nicht krank wird. Andererseits sagt Oma immer: »Dreck reinigt den Magen.« Da soll noch einer durchblicken ...

Flora, Marie, Ida und ich haben dem Corgi ein Fleischbällchen gegeben und er hat es in einem HAPPS verschlungen. So süß! Patrick wollte ihm jetzt auch etwas zu essen geben, aber er durfte das nicht, damit er sich nicht wieder schmutzig macht. Überhaupt haben seine Eltern nur an ihm rumgemeckert. »Patrick, nicht anfassen! Patrick, dein schönes T-Shirt! Patrick, pass doch auf! Patrick, übe mal ein bisschen Englisch!«

PATRICK TAT MIR AUF EINMAL FAST LEID.

Der durfte ja überhaupt nichts machen. Kein Wunder, dass er immer bei uns sein wollte. Und irgendwie ist er wirklich nicht mehr so richtig **verdächtig**, weil er uns ja geholfen hat. Und die Sonnenbrille war wirklich seine, denn er hatte sie heute dabei. Hm.

Flora, Marie, Ida und ich haben uns jetzt das Halsband von dem **süßen** Corgi angeguckt. Darauf stand:

Doch zum Glück hat Professor St... Zinker uns übersetzt, was da stand.

Eigentlich ist er ja ganz nett.

MEIN NAME IST MONTY.
Wenn ihr mich findet, bringt mich bitte zurück zum Buckingham Palace.
Danke!

Oh Mann, wir mussten Monty unbedingt zurückbringen.
Vielleicht weinte die QUEEN schon herzzerreißend, weil ihr Lieblingshund weg war. Wir haben uns sofort mit OMA und Professor Zinker auf den Weg gemacht, der Palast war ja gleich um die Ecke. Patrick hat uns ganz neidisch hinterhergeguckt.
Am Buckingham Palace hat Professor Zinker dann für uns geredet. Das war echt günstig, dass der mit dabei war und so gut Englisch konnte.

Wir DETEKTIVINNEN und Oma haben aber wenigstens sehr herzlich GELÄCHELT. Dschastin und Mailie auch. Dann kam eine Frau zum Tor und hat die Hände zusammengeschlagen und sich

TAUSENDMAL bei uns bedankt, dass wir den süßen Monty zurückgebracht haben.

WIR HABEN NOCH SCHNELL EIN PAAR ABSCHIEDSFOTOS MIT MONTY GEMACHT.

Und die Frau hat Omas Namen aufgeschrieben.

Auf dem Weg zurück zum Park fing es auf einmal übelst an zu regnen und jemand hat gerufen:

»IT'S RAINING CATS AND DOGS!«

Wir haben sofort zum Himmel geguckt, aber es hat gar keine Katzen und Hunde geregnet. Also, da wollte uns wohl jemand veräppeln. Aber Professor Zinker hat nur gelacht und gemeint, das sagt man hier so. Es bedeutet: »Es gießt wie aus Kannen!« Dann hat er noch gesagt, dass es hier lauter solche ulkigen Sprüche gibt.

WAS ES IN ENGLAND NOCH FÜR LUSTIGE SPRÜCHE GIBT:

IT COSTS AN ARM AND A LEG.

Es kostet einen Arm und ein Bein.
Es heißt nicht, dass man mit Armen und Beinen bezahlen muss! Es bedeutet:

→ DAS IST SUPERTEUER.

YOU ARE PULLING MY LEG.

Du ziehst mich am Bein. Heißt nicht, dass man jemandem ein Bein rausreißen soll! Es bedeutet:

→ DU WILLST MICH WOHL VERÄPPELN.

I SMELL A RAT.

Ich rieche eine Ratte. Heißt nicht, dass es nach Ratten riecht! Wie riechen die eigentlich? Es bedeutet:

→ IRGENDWAS IST HIER FAUL.

I COULD EAT A HORSE.

Ich könnte ein Pferd essen. Heißt ABSOLUT nicht, dass man ein Pferd essen will! Das gilt auch für dich, Ida! Es bedeutet:

→ ICH HABE EINEN BÄRENHUNGER.

NOT MY CUP OF TEA.

Nicht meine Tasse Tee. Heißt nicht, dass jeder nur aus einer Tasse mit seinem Namen drauf trinken darf! Es bedeutet:

→ DAS IST NICHT SO MEIN FALL.

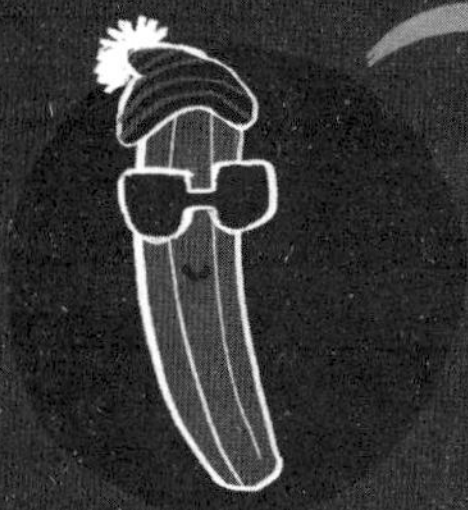

I AM COOL AS A CUCUMBER.

Ich bin so kühl wie eine Gurke. Heißt nicht, dass alle Gurken irgendwie cool sind oder warme Pudelmützen brauchen! Es bedeutet:

→ ICH BIN DIE RUHE SELBST.

A FEW SANDWICHES SHORT OF A PICNIC.

Nicht genug Sandwiches für ein Picknick haben. Heißt nicht, dass jemand schon vom Picknick genascht hat! Sondern es bedeutet:

→ NICHT ALLE TASSEN IM SCHRANK HABEN.

Dann hat es schlagartig wieder aufgehört zu regnen und da haben wir alle ganz laut gebrüllt:

»TYPICAL ENGLISH WEATHER, ISN'T IT?

HA HA HA HA HA HA HA HA !!«

Im Bus zurück zum **HOTEL** haben wir noch mal die süßen Fotos von Monty angeschaut. So süß und ~~fett~~ wohlgenährt war der! Doch plötzlich hat Flora gesagt:

UND TATSACHE – auf dem einen Foto war der Polizist namens John Miller zu sehen, der uns neulich alle befragt hat. Von dem ich ja immer noch das Notizbuch mit den Männlein hatte.

Nur dass der Polizist auf dem Foto gar keine Uniform anhatte, sondern eine Lederjacke. Und er stand mitten in einer Gruppe von japanischen TOURISTEN. Sehr merkwürdig. Und als wir wieder an unserem Hotel waren, hat Ida auf der Straße gegenüber was entdeckt. Und zwar einen Laden. Ida sucht nämlich UNUNTERBROCHEN mit den Augen die Umgebung ab, weil sie hofft, interessante englische Leckereien zu entdecken. Es war dieser Laden hier:

Bookshop Arthur Smith

DA HATTE ICH EINEN GEISTESBLITZ*.

* Ein Geistesblitz ist ein megakluger Gedanke, der einem wie ein Blitz in den Kopf schießt. Allerdings ohne wehzutun.

»Wir gehen jetzt in den Laden, vielleicht kennen die da drin ja den Polizisten namens John Miller.«

Sofort sind wir zu dem Laden gelaufen. **WAS FÜR EIN SUPERGENIALER PLAN!** In dem Laden waren Tausende von Büchern und eine junge Frau, die »Can I help you?« zu uns gesagt hat.

Oh. Dieser Teil des Plans war weniger supergenial.

Wir konnten die ja gar nichts fragen, weil wir kein Englisch können. Mist. Wir haben es trotzdem versucht.

Die Frau hat uns ~~erstaunlicherweise~~ natürlich verstanden.

Und dann hat sie das Notizbuch genommen und gesagt: »Thank you. I know John Miller. But he is not a policeman.«

Die kannte John Miller, aber der war gar kein Polizist? HÄ?
Und blöderweise hat die Frau jetzt auch noch das **NOTIZBUCH** behalten, weil sie offenbar dachte, dass wir es gefunden haben und zurückbringen wollten.

MIST, MIST, MIST!

JETZT STANDEN WIR DA WIE DOOF.

Und außerdem ... wenn der gar kein Polizist war, warum hat er dann die Aussagen der Leute aus unserer Reisegruppe aufgenommen? ⇨ Oder zumindest so getan? Wo war der überhaupt so schnell hergekommen? Emily hat ihn geholt. Und vorher hat sie uns alle umarmt.

UMARMT!

Plötzlich wusste ich, woran mich das Plakat in der U-Bahn erinnert hat.
AN ...

Unsere Emily. Emily hat immer alle aus unserer Reisegruppe umarmt. Emily? Das konnte doch nicht sein. Oder? Das musste ich sofort meinen **DETEKTIVINNEN** erzählen.

7. KAPITEL

WIR GEHEN AUF EINEN FLOHMARKT, WO WIR ETWAS SCHOCKIERENDES HERAUSFINDEN.

Und ein ~~alter Feind~~ neuer Freund hilft uns überraschend.

Am nächsten Morgen stand Herr Müller wieder unten an der Rezeption und hat ein ZIMMER mit Ausblick auf die Themse verlangt, dazu vier Stück Seife, Frühstück aufs Zimmer (für seine Frau im Koffer?) und zwölf **Kleiderbügel**. Warum? Wieso?

DIESER MANN IST EIN WANDELNDES RÄTSEL!

Weil es heute keine gemeinsame Tour für alle gab, haben wir beschlossen, dass wir mal mit Oma auf einen tollen FLOHMARKT in London gehen. Oma wollte gucken, ob sie einen schicken Hut kaufen kann, weil es in England immer so feine Hüte gibt, mit Kirschen und anderem Obst drauf.

Dann hätte sie wenigstens einen feinen Hut für ihren Afternoon Tea, wenn sie schon keine KETTE hat. Außerdem hatten wir gehört, dass Emily auch auf den Flohmarkt gehen wollte, und das war ja dann eine gute Gelegenheit, sie zu beschatten, auch wenn Flora und Ida und Marie und ich auch im Grunde dachten, dass Emily viel zu NETT für die Klauereien war. Wir sind also los. Professor Zinker ist ebenfalls mitgekommen. Der ist irgendwie neuerdings immer dort, wo Oma auch ist.

Ich glaube, der findet meine Oma … öhm … nett. Hihi.

Als wir losgegangen sind, kamen dann noch Patrick und seine Eltern dazu. **MANNO.** Ida hat leise zu mir gesagt, dass Patricks Mama bestimmt alles auf dem Flohmarkt mit Desinfektionsmittel einsprühen wird, weil das ja alt und schmutzig ist. **Hihi!**

UND DANN WAREN WIR DA.
WOW! SO EIN TOLLER FLOHMARKT! SO VIELE LEUTE! UND WAS ES DA ALLES GAB!

Was es auf dem Flohmarkt alles TOLLES GAB:

VIELE ~~ANTIKWIETE~~ ~~ANTIKWÄTÄT~~ ~~ANTIQUIEK~~ WERTVOLLE ALTE SACHEN. ZUM BEISPIEL:

- alte Teekannen mit Blümchen und ohne Henkel
- Nackedei-Porzellanengel
- Puppen mit knallharten Köpfen und labberigen Körpern
- alter Schmuck mit dicken Edelsteinen drauf
- silberne Löffel, mit denen Kinder schon vor 200 Jahren ihre Suppe nicht essen wollten
- Nachttöpfe von früher (örks)
- goldene Uhren und so
- alte Kameras von früher, als die armen Menschen noch keine Handys zum Fotografieren hatten
- alte Londoner Straßenschilder. So cool. Könnte man doch in Schnuckendorf aufhängen und die Leute damit verwirren. Hihi.

Patricks ~~nervende~~ übervorsichtige Mutter hat sofort gesagt, dass Patrick bitte **NICHTS** anfassen und dass er doch die netten Mädchen begleiten soll. → **Hallo?** Bei der piept es wohl? Okay – Patrick hat gestern unsere Hunde gerettet, aber man muss es ja wohl nicht übertreiben. Immerhin ist er unser Feind und außerdem ein **JUNGE!!!**

Irgendwie tat er mir jetzt ~~fast so halb~~ ein minipupsi bisschen leid, aber Flora hat gesagt, wir sollen schnell weitergehen, bevor er sich noch ans uns **DRANHÄNGT**. Und so sind wir zu viert mit unseren Spürhunden losgezogen und haben uns die tollen Stände angeguckt und gleichzeitig nach Emily Ausschau gehalten.

- ★ Floras Lieblingsstand war einer mit coolen T-Shirts.
- ★ Maries Lieblingsstand war einer mit alten Landkarten.
- ★ Idas Lieblingsstand war eine Bude, in der es LECKERE PASTETEN gab.
- ★ Mailie und Dschastin mochten am liebsten die englischen Katzen, mit denen sie ein bisschen herumstänkern konnten.

Und ich habe gerade **überlegt**, ob ich mir eine Sparbüchse in Form von einer Telefonzelle kaufen soll, als ich plötzlich Emily gesehen habe. Sie hat eine Frau gerade herzlich umarmt.

»Ey, da vorn ist Emily«, hab ich meinen DETEKTIVINNEN zugeflüstert. Ich wollte gerade noch sagen, dass sie nicht alle hinstarren sollen, weil die Leute es nämlich manchmal merken, wenn man sie anstarrt ≥weiß auch nicht, wieso≤, aber da bin ich auf etwas MATSCHIGEM ausgerutscht und wäre beinahe hingefallen.

Hinter mir hat jemand GEKICHERT. Natürlich Patrick, der mir jetzt **ÜBERHAUPT NICHT MEHR** leidtat. Er hat nämlich fotografiert, wie ich ausgerutscht bin. **DOOFI.**

Ey, Pudding-Patrick, such dir mal ein neues Hobby!

→ HEHE. SCHÖN, WENN MAN IDA MIT DABEIHAT.

Und wo war Emily jetzt hin? Wir haben rumgeguckt und dann haben wir sie **entdeckt**.

Sie hat sich mit einem Mann an einem Stand unterhalten. Wir haben uns die Köpfe verrenkt, um zu sehen, was Emily kauft, aber sie hat gar nichts gekauft.

GANZ IM GEGENTEIL.

Sie hat dem Verkäufer **BLITZSCHNELL** was gegeben und der hat ihr einen Batzen Geldscheine in die Hand gedrückt.

Das war schon merkwürdig – normalerweise ist es doch genau andersherum: Man kauft etwas und gibt dem Verkäufer das Geld.

In dem Moment überkam mich so eine **DUNKLE AHNUNG**. Und die anderen auch, denn Flora hat geflüstert: »Was war das da eben?«

WIR HABEN UNS ALLE ANGEGUCKT. UND DANN LANGSAM GESAGT:

Konnte das wirklich sein? Unsere Emily?

»Und jetzt?«, hat Ida ATEMLOS gefragt.

»Wir gehen einfach zu dem Stand und forschen nach«, meinte Marie.

WOW! GENIAL! SO EINFACH UND DOCH SO UNGLAUBLICH CLEVER! EBEN TYPISCH MARIE!

Also sind wir betont lässig und cool zu dem Stand geschlendert.
Dort angekommen, hat Ida freundlich »Good night, dear Sir« gegrüßt. → WAHNSINN, IDAS ENGLISCH WIRD IMMER BESSER.
»Ida, es ist zehn Uhr morgens«, hat Marie gemurmelt.
Der Mann hat aber sowieso nicht geantwortet, sondern nur kurz an seinen HUT getippt.

ENTWEDER WOLLTE ER UNS:

a) damit grüßen

ODER

b) damit mitteilen, dass Ida einen an der Waffel hat.

Aber wir haben uns davon nicht abschrecken lassen, sondern ganz INTERESSIERT angeguckt, was der Mann so zu verkaufen hatte. Es war Schmuck. Kostbarer alter Schmuck, garantiert von **KÖNIGEN** von früher. Es gab sogar ein goldenes Hundehalsband.
Wir haben uns alles angesehen und ganz laut »Oh« und »AH« gerufen.

Von Montys Uropa?

NACH EINER WEILE HAT DER MANN GENERVT GEGUCKT UND IRGENDWAS GESAGT.

Wahrscheinlich wollte er wissen, ob wir endlich was kaufen oder ob wir nur drei Stunden lang LÄCHELND in seinen Waren herumwühlen wollen. MIST. → Was jetzt?

Da hat Marie ihren ganzen Mut zusammengenommen und in ihrer APP nachgeguckt, und als sie genug englische Wörter zusammengeklaubt hatte, da hat sie ihn gefragt, ob er schöne Ketten von früher hat. Möglicherweise aus Gold?

Da hat der Mann gegrinst und genickt und sich kurz umgesehen. Und dann hat er unter den Tisch gegriffen und etwas darunter hervorgeholt.

UND DAS WAR:

OMAS KETTE!

Die Kette sollte 300 PFUND kosten!

DER TYP HAT JA WOHL NICHT GENÜGEND SANDWICHES FÜR EIN PICKNICK!

Meine arme Oma! Ich war so **wütend**, dass ich dem Mann die Kette am liebsten aus der Hand gerissen hätte. Hat Emily die ihm eben gegeben? Garantiert. So eine hinterlistige, gemeine, fiese **Nebelkrähe** von Reiseleiterin!

NA WARTE, EMILY!

Aber wie sollten wir das BEWEISEN? Der Mann würde uns garantiert nichts verraten. Der hat die Kette jetzt mit einem hinterlistigen Schielen wieder weggepackt.

WAS SOLLTEN WIR NUR TUN?

WAS WIR VIELLEICHT TUN KÖNNTEN:

- Pia und Mia fragen, ob sie uns ihre PLATIN-Kreditkarte borgen, damit wir die Kette zurückkaufen können? Vergiss es. → Machen die niemals.

- Versuchen, die Kette selber zurückzuklauen? Vergiss es. → klappt niemals. Und zweimal Klauen macht Klauen nicht besser.

- Professor Zinker holen, damit er den Mann verprügelt? Vergiss es. → Kann der niemals.

So ein Mist! Jetzt war ich so nahe an Omas Kette dran, aber trotzdem konnte ich sie ihr nicht zurückholen. Wir sind traurig ein Stück weggegangen, um zu überlegen, was wir als Nächstes tun sollten. Aber es fiel uns leider nichts ein.

Na? Braucht ihr meine Hilfe?

Es war Patrick. Der war echt der LETZTE MENSCH, den wir jetzt gebrauchen konnten.

Manno, hau ab. Du nervst. Lass uns in Ruhe!

Doch da hat Patrick sein **HANDY** rausgeholt und gesagt: »Ich hab hier was für euch. Ich hab es nämlich auch gesehen. Was Emily dem Mann gegeben hat.«

WAS? Sofort sind wir aufgesprungen und haben geguckt, was er da hat. Es war ein **FOTO**. Wie immer.

Er hat es rangezoomt und da konnte man es ganz deutlich erkennen: wie Emily dem Mann Omas Kette übergibt und sich dabei verschlagen umguckt.

Das war der Beweis, den wir brauchten. Gut, dass Patrick immer alles fotografiert! Ich hab mich so sehr gefreut, dass ich Patrick vor Glück **ANGELÄCHELT** und mich mit ihm **ABGEKLATSCHT** habe. Also aus Versehen, hüstel. Also so halb aus Versehen. Für seine doofen Eltern kann er ja nichts.

Mann, dieses Diktiergerät. Peinlich …

KAPITEL 8. WIR FINDEN ALLES ÜBER TASCHENDIEBE HERAUS.

Und wir werden alle zu »Bobbys«!

Was sollten wir nun tun? Am besten wäre es natürlich gewesen, einen Polizisten zu finden. ALSO EINEN ECHTEN.
Aber wie hätten wir dem das alles mit unserem ~~mageren~~ etwas unvollständigen Englisch erklären sollen?
Also mussten wir OMA Bescheid sagen. Wir sind losgezogen, aber Oma war nirgends zu sehen. Wahrscheinlich probierte sie irgendwo SCHICKE Hüte auf.

Flora hat gesagt, ich soll Oma eine WhatsApp-Nachricht schicken, aber das ist voll sinnlos, denn Oma guckt fast nie in ihr Handy. Sie vergisst sogar immer, dass sie eins hat, und lässt es zu Hause liegen. Ich habe es aber trotzdem versucht. Gott sei Dank durfte ich ja diesmal mein Handy mit dabeihaben. Für den Fall, dass ich mich in LONDON verlaufe.

~~Haha, als ob!~~ War ganz gut so, hüstel.

Wir sind also weitergelaufen. Diesmal zu fünft. Patrick durfte ja jetzt mit uns mitkommen. Wir mussten nur aufpassen, dass wir seiner Mutter nicht über den Weg laufen. Patrick hat nämlich die WILDEN TIERE Dschastin und Mailie **ANGEFASST UND GESTREICHELT** und da wäre seine Mutter ja ~~ausgeflippt~~ etwas nervös geworden.

Er hat gesagt, er wünscht sich SO SEHR einen Hund, aber seine Eltern würden das nie erlauben. Das konnte ich total verstehen, weil ich ja in meiner JUGEND auch erst mal hundelos war, und deshalb hab ich zu ihm gesagt, man muss nur **HARTNÄCKIG** sein und seine Eltern **NONSTOP** *wichtig!* bearbeiten. Zur Not jahrelang, dann werden sie weich wie Butter. Gelegentlich ein bisschen weinen kommt auch gut an. Ich wollte ihm gerade noch ein paar weitere Tipps verraten, wie er sein Ziel am besten erreicht, da hat Marie auf einmal gezischt: »Ey, Leute! Da!«

Und da haben wir es gesehen. Neben einem Stand mit SOUVENIRS standen nämlich: Emily und der falsche Polizist John Miller!

EMILY HAT IHM GERADE EIN PAAR GELDSCHEINE ZUGESTECKT!

Und dann haben die beiden wie Vogelspinnen* gegrinst.

[* Vogelspinnen sind voll pervers haarige, riesige, eklige Spinnenviecher. Uuääh. Sie sind aber harmlos. Im Gegensatz zu Emily und ihrem Komplizen.]

UND DANN HABEN EMILY UND DER GEKNUTSCHT! ÖRKS!

→ Aha! Jetzt ergibt alles einen Sinn.

WAS AUF EINMAL ALLES EINEN SINN ERGAB:

- ★ Emily und dieser John Miller sind Komplizen!
- ★ Vor den Touristen tun sie aber so, als ob sie sich nicht kennen!
- ★ Emily klaut die Sachen von den Leuten aus der Reisegruppe!
- ★ Dann holt sie einen angeblichen Polizisten, der alles aufschreibt, damit die Leute nicht unruhig werden!
- ★ Dann bringt Emily die Sachen auf dem Markt an den Mann! ⪢Aber nicht ans Kind!⪡
- ★ Dann teilen sich die beiden Schurken das Geld!

Patrick hat gleich wie ein Verrückter fotografiert, damit wir genug Beweismaterial haben, falls uns die beiden **GANGSTER** entwischen.

⇨ Gut, dass Patrick immer so schnell mitdenkt!

Mann, dieses Diktiergerät ... Und Mann, Ida!

ERSTE DETEKTIVREGEL → UNAUFFÄLLIG IM HINTERGRUND BLEIBEN!

Jetzt haben auch noch Dschastin und Mailie gebellt wie verrückt und Emily hat das irgendwie gehört. Sie hat sich blitzschnell umgeguckt und dann hat sie ihren **FIESEN FALSCHEN** Freund mit sich gezogen und die zwei sind in der Menge untergetaucht.

- Was, wenn Emily und John jetzt abhauen und auf die Bahamas fliehen?
- Was, wenn wir deswegen Omas Kette und die anderen Sachen NIEMALS wiederbekommen?
- Was, wenn Emily und John einfach ihre kriminellen Machenschaften woanders weitertreiben?

DAS MÜSSEN WIR UNBEDINGT VERHINDERN!

→ ABER WIE BLOß?

Ida hat gesagt, mit leerem Magen kann sie überhaupt nicht denken, und Flora hat gesagt, dass sie auch Hunger hat, weil der PORRIDGE* vom Frühstück irgendwie ~~voll eklig~~ ein bisschen seltsam gewesen ist.

[* Porridge ist Haferbrei. Farbe: beige-grau. Geschmack: grau-beige. Würg.]

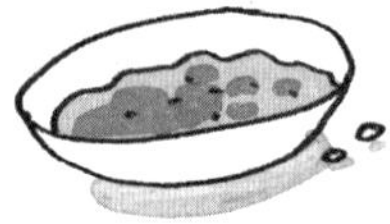

Deshalb sind wir erst mal einem leckeren Geruch nachgegangen, damit wir mit **vollem** Bauch überlegen können, was wir als Nächstes machen. Wir sind zu ein paar Imbissbuden gekommen und dort saß Herr Müller an einem Tisch und hat **VIER (!)** verschieden aussehende Portionen HAM AND EGGS vor sich stehen gehabt.

BOAH, IST DER VERFRESSEN!

Er hat aber von allen Portionen nur ein winziges bisschen gekostet und dann immer sofort was in sein Notizbuch geschrieben.

WARUM MACHT DER DAS NUR ?!

WARUM HERR MÜLLER SO VIEL ZU ESSEN BESTELLT UND DANN DOCH KAUM WAS ISST:

★ Er ist mäklig wie Omas Freundin Elfriede?

★ Er hat drei unsichtbare Freunde, die nur er sieht? (Hat Rico Rösler aus unserer Klasse auch. Behauptet er zumindest.)

★ Er hat ständig Angst, dass er nicht satt wird, weil sein Bruder ihm früher immer alles weggefuttert hat?

Patrick hat gesagt, er weiß, warum. Er hat Herrn Müller nämlich auch selber schon beschattet, weil Patrick auch ein DETEKTIV sein will. Deshalb fotografiert er auch so viel.

MANNO, ABER WIR SIND TROTZDEM IMMER NOCH DIE BESTEN DETEKTIVE DER WELT!

Herr Müller testet Englandreisen. Das ist sein Beruf. Und da muss er immer viel Essen kosten und Hotelbetten ausprobieren und so was, und dann schreibt er das alles auf und schickt es an eine Zeitung.

→ **SO COOL!**

SOFORT wollten wir alle auch **REISE-TESTER** werden – ich für England, Flora für Schottland, Marie für Irland und Ida für Disneyland. Dschastin und Mailie für Kaufland. → Wurstabteilung.

Und dann meinte Patrick, dass wir Herrn Müller doch alles erzählen könnten. Weil der ja viele Leute kennt und super Englisch spricht. Und weil seine Zeitung es bestimmt auch spannend findet, wenn er einen **SKANDAL** bei einer Englandreise aufdeckt!

Das fanden wir alle gut, besonders Ida. Sie meinte, sie könnte Herrn Müller als Dank beim Kosten helfen. Das macht sie voll gern, auch ganz ohne Bezahlung.

Wäre doch COOL, wenn wir in die Zeitung kommen!

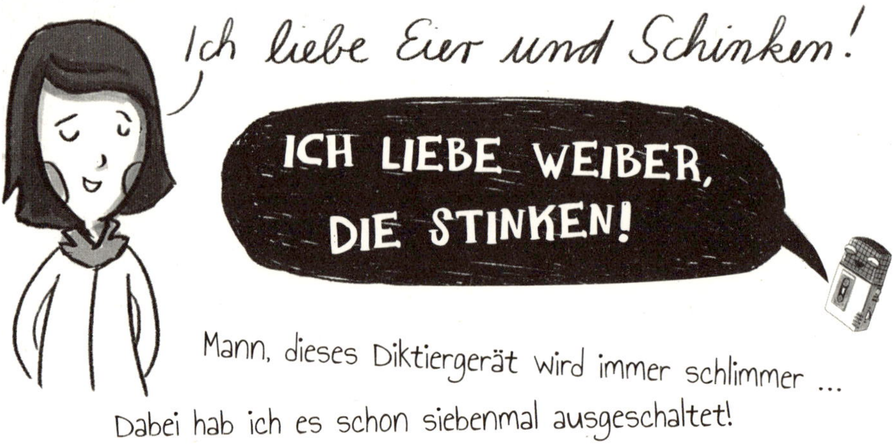

Herr Müller hat uns aufmerksam zugehört. Und dann meinte er, dass er auch schon so einen **Verdacht** hatte, dass Emily hinter den **Klauereien** steckt. Er hat nämlich nicht nur über die Qualität von Kissen und Fish and Chips geschrieben, sondern auch über seinen **Verdacht**!

Was es bei der ENGLISCHEN POLIZEI alles AUFREGENDES gab:

★ Die Kriminalpolizei dort heißt »SCOTLAND YARD«, dabei befindet sie sich gar nicht in Schottland. Es ist die berühmteste Kriminalpolizei der Welt! Und hat jetzt vier neue Mitarbeiter. Höhö. → Uns.

★ Englische Polizisten haben voll coole schwarze Eierbecher-Hüte. Und wir durften sie sogar mal aufsetzen. Wir sahen aus wie echte »Bobbys«.

★ Englische Polizisten reiten manchmal auf Pferden herum und jagen Verbrecher. So cool! Das hätten wir auch gern gemacht, aber sie haben uns nicht gelassen. Schade.

Ein sehr netter und sehr ECHTER Polizist hat alles aufgeschrieben, was wir erzählt haben und was Herr Müller übersetzt hat, und dann haben sie UNSERE GANZEN FOTOS als Beweismittel kopiert.

Yeah! Das war der tollste Moment in unserer Karriere als Detektivinnen!

Ich wollte mich gleich bedanken und hab gesagt:

Thank you, this is great!

THANK YOU, KISS THE PLATE!

Mann, dieses Diktiergerät ...

Die englischen Polizisten haben mich leicht verwirrt angeguckt, aber dann haben sie gesagt, dass wir jetzt mit ein paar **UNDERCOVER-POLIZISTEN** zurück zum Markt gehen, um dort Emily und John und den Verkäufer zu finden.

WIR **OBSERVIEREN** MIT ECHTEN UNDERCOVER-POLIZISTEN IN LONDON DIE VERBRECHER.

ICH STERBE GLEICH VOR GLÜCK!

Als wir zurück zum Markt gegangen sind, hat Marie sofort den Gauner John Miller entdeckt. Bravo, Marie! ~~Beste~~ Zweitbeste Detektivin der Welt! Schurke Miller ist gerade wie ein Fisch durch die Menge geglitten und hat dauernd Leute angerempelt. Und Emily haben wir auch entdeckt, die hat aber nicht gerempelt, sondern die Leute von einer anderen Reisegruppe alle nacheinander UMARMT.

AHA! Ihre Klau-Spezialität ist Umarmen und seine ist Anrempeln. Genau wie auf dem Plakat in der U-Bahn.

Dann haben die Undercover-Polizisten den Schmuckstand observiert, und siehe da – auf einmal kam Emily angehuscht und wollte dem Verkäufer gerade was geben, als die Undercover-Polizisten sie GESCHNAPPT haben!

AUF FRISCHER TAT ERTAPPT. HA!

Emily wollte erst alles abstreiten, aber dann hat sie angefangen zu heulen und ihren Gauner-Freund Miller verpetzt.

JETZT IST NIX MEHR MIT KNUTSCHEN, SCHÄTZE ICH MAL.

→ HÖHÖ UND ÖRKS.

Und beim Durchsuchen ihrer Taschen kam dann noch einiges zum Vorschein.

WAS EMILY ALLES IN IHREN TASCHEN HATTE:

- → verschiedene geklaute Ketten, aus Gold und aus Silber
- → verschiedene Ringe, auch den Ehering von Patricks Vater
- → das Handy von Patricks Mutter
- → die Kamera von Pias Vater
- → ganz viel Bargeld

Mann, wo war Oma denn nur? Das waren doch wichtige Neuigkeiten! Bestimmt bekam sie ihre Kette bald zurück.

Ich hab also Oma noch mal eine Nachricht geschickt:

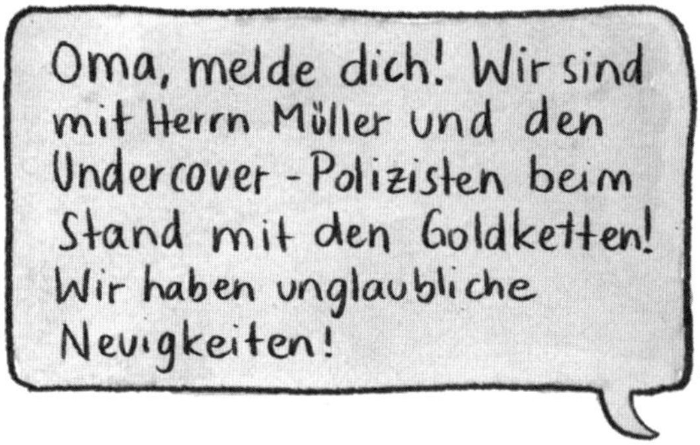

Und auf einmal geschah ein Wunder. Oma hat auf ihrem Handy eine Nachricht zurückgeschrieben. Und zwar die hier:

KAPITEL 9. OMA HAT EINE SENSATIONELLE NEUIGKEIT.

Und ich bekomme über Umwege einen Paddington Bären.

Als Oma mit Professor Zinker endlich zu uns kam, hat sie sich MEGA gefreut, dass sie ihre schöne Kette wiederhatte. Sie hat auch übelst Glück gehabt, denn der MANN von dem Stand hatte die Kette schon für jemanden eingepackt, als die Polizei ihn verhaftet hat.

NUR ZWEI MINUTEN SPÄTER, UND WIR HÄTTEN NIE ERFAHREN, WO DIE KETTE GELANDET IST.

Und außerdem hätte Oma sich dann auch nicht so **MEGA** über **IHRE** unglaubliche Neuigkeit gefreut.

Wir waren ja schon alle ganz hibbelig zu hören, was es war.

WAS OMAS TOLLE NEUIGKEIT SEIN KÖNNTE:

- Vielleicht hat Oma NOCH MAL bei einem Preisausschreiben gewonnen? Diesmal bei einem englischen? Hm, kann aber nicht sein, Omas Englisch ist noch tausendmal ~~mickriger~~ weniger perfekt als unseres.

- Eine von Omas Freundinnen ist ihr in London über den Weg gelaufen? Eventuell Rosamunde, die eigentlich nach Hannover wollte und irgendwie in London gelandet ist? Eher unwahrscheinlich.

- Oma hat im Hyde Park endlich einen Liegestuhl ergattert? Das wollte sie schon die ganze Zeit, aber die waren immer besetzt. Hm, aber Oma war ja eben noch auf dem Markt, kann also nicht sein.

Doch als wir Oma gefragt haben, hat sie ein geheimnisvolles Gesicht gemacht und dann »Tada!« gerufen und einen Brief aus ihrer Handtasche gezogen.

Der wurde im Hotel für sie abgegeben. Dann haben sie Oma angerufen und sie hat ihn abgeholt, deswegen konnten wir sie auch nirgendwo finden. Der Brief war aus ganz KOSTBAREM Papier und oben war ein königliches Wappen und darunter stand BUCKINGHAM PALACE. → WOW!

Und das stand drin, Professor Zinker hat es Oma und uns übersetzt:

Liebe Frau Pepper,

die Königin lässt Ihnen ausrichten, wie sehr sie sich darüber gefreut hat, dass Sie Ihr den kleinen Ausreißer Monty zurückgebracht haben.

Das war sehr nett von Ihnen, denn die Königin liebt Monty über alles. Als Dank dafür übersende ich Ihnen und Ihren Enkelinnen im Namen der Königin eine Einladung zu einer königlichen Teeparty. Ihre Majestät hofft, dass sie Ihnen damit eine Freude macht.

Mary Blossomly
Hofdame der Königin

OMA DARF ZU EINER FEINEN TEEPARTY!

UND SOGAR IN DEN BUCKINGHAM PALACE!

UND WIR DÜRFEN MIT!

Alle Leute aus unserer **Reisegruppe** waren total beeindruckt. Und total dankbar, dass wir herausgefunden haben, wer der fiese **TASCHENDIEB** ist. Und dass sie ihre Sachen wiederbekommen haben.

Pia und Mia waren ganz neidisch und wollten immer wieder Omas Einladung sehen und sie **ANFASSEN**. Aber da hat Ida gesagt, sie sollen erst mal ihre Fettfinger waschen, bevor sie so was Kostbares und **Königliches** berühren. Denn so eine Einladung ist ja schon was anderes als ihre **lumpige** Platin-Kreditkarte.

DA WAREN SIE SAUER.
IST DOCH ABER WAHR.

Und so sind wir zwei Tage später mit Oma in einem schwarzen **Taxi** zum Buckingham Palace gefahren. Wir hatten uns alle megachic gemacht.

JUHU!

WAS WIR ANHATTEN:

Und dann durften wir in den Buckingham Palace hinein!
Also fast. Die TEEPARTY fand nämlich im Garten statt. Dort durften wir dann mit anderen Gästen herumstehen und schön aussehen und Oma hat immer wieder gesagt: »Dass ich das noch erlebe!«
Und dann gab es endlich was zu essen.
Ida hat: »Ich falle gleich um vor Glück« gekeucht und gesagt, dass ich unbedingt aufschreiben soll, was es alles gab.

WAS ES AUF DER TEEPARTY ALLES KÖSTLICHES GAB:

- Scones
- Gurkensandwiches
- Schinkensandwiches
- Shortbread (Butterkekse)
- Clotted cream (Schlagsahne)
- Sausage rolls (Würstchen im Blätterteig)
- English Toffee (weiche Bonbons)
- Lemon Curd (Zitronencreme)
- Fruitcake (Fruchtkuchen)

SOOOO LECKER!

Dann kam Monty noch dazu und Dschastin und Mailie und er sind ~~wie die Bekloppten~~ königlich gemächlich durch den Garten gebrettert und dann haben sie etwas ganz Unglaubliches getan.

SIE HABEN AN EINE KÖNIGLICHE STATUE GEPINKELT! ALLE DREI! OH GOTT!

Aber zum Glück hat es keiner gesehen … Außer der alten Oma, die mal kurz auf den Balkon kam und gewinkt hat. Aber die hat nichts gesagt. Nur gelächelt.

Weiß auch nicht, wer das war.

Als wir dann später zurück zu unserem HOTEL gekommen sind, stand ein Mann mit Glatze dort und hat schon auf Oma gewartet. >Oma ist in England echt fast so beliebt wie die Blutbach-Tochter in unserer Schule. Wahnsinn!< Der Mann war von Meyer-Reisen.

DIE THEMSE RAUF, DIE THEMSE RUNTER MEYER-REISEN MACHEN MUNTER!

Das waren ja die, die Oma die Reise spendiert haben. Sie waren extrem glücklich, dass wir den Dieb gefasst haben. Der Mann hat gesagt, dass sich nämlich schon ganz viele Leute bei Meyer-Reisen beschwert haben, weil ihnen in LONDON so viel geklaut wurde, und dass Meyer-Reisen gar nicht verstehen konnte, warum. Auf Reisen in andere Städte wurde nicht halb so viel geklaut. Natürlich nicht. Die hatten ja auch nicht **Fiesbacke EMILY** als Reiseleiterin.
Zum Dank wollte der Meyer-Reisen-Mann Oma noch mal eine Reise schenken, und zwar diesmal nach Paris.

Aber Oma hat gesagt, sie sehnt sich jetzt erst mal wieder nach ihrem Fernseher und ihren Hausschuhen und nach Rosi, und außerdem kann der Eberhard »das war Professor Zinker« ihr alles erzählen, was es in Paris so gibt, denn der war schon zweiundvierzigmal dort. Hier hat Professor Zinker stolz gelächelt.

Da hat der Meyer-Reisen-Mann Oma nur freudig umarmt, und wir haben alle mit Adleraugen aufgepasst, dass er ihr dabei nichts klaut.

UNS KANN MAN NÄMLICH NICHT MEHR ~~BESCH~~... BETRÜGEN.

→ Aber der Mann war zum Glück harmlos.

Am nächsten Tag ging es dann schon wieder im Bus zurück nach Hause.

»GOODBYE, LONDON!
GOODBYE, MONTY!«

Patrick saß wieder hinter uns und hat mit uns Scrabble und Galgenmännchen gespielt und fast immer gewonnen. Also bis auf die paar Mal, wo er mich absichtlich hat gewinnen lassen. **Öhömm.** Seine Mutter war so glücklich, dass sie den Ring und das Handy wiederhatte, dass sie gar nicht gemerkt hat, wie oft Patrick die **WILDEN TIERE** geknuddelt hat. Und nachdem er mindestens zwanzigmal gesagt hat: »Ich möchte auch einen Hund«, hat sie nur erschlafft gemeint: »Wir werden sehen.«

Steter Tropfen höhlt den Stein*, sagt Oma immer.

[* Steter Tropfen höhlt den Stein bedeutet nicht, dass man stumpfsinnig Wasser auf einen Stein tröpfeln soll, sondern dass man nur richtig mit Ausdauer nerven und nachbohren muss, dann erreicht man alles, was man will. Hehe.]

Dann haben wir noch mal **alles** angeguckt, was wir in **LONDON** gekauft haben.

WAS ICH AUS LONDON MITGEBRACHT HABE:

- eine Sparbüchse in Form einer roten Telefonzelle für mich

I ♥ LONDON

- ein T-Shirt mit **I love London** drauf für Mama

- einen Schlüsselanhänger in Form von einem schwarzen Taxi für Papa

- einen Paddington Bär für Tim. Den will der sowieso nicht, weil er Plüschtiere blöd findet, also kann ich ihn behalten. Ha!

Unsere Eltern haben uns vom Bus abgeholt und wir haben vor lauter **Aufregung** alle durcheinandergeredet.

Omas Freundinnen waren auch da und ganz grün vor Neid im Gesicht. Hat Oma zumindest behauptet. Eigentlich sahen sie völlig normal aus. Dann habe ich Tim mit einem LÄCHELN den Paddington Bär überreicht.

Den Paddington Bär wollte ich doch selber behalten. Das hab ich echt **BLÖD** geplant. Aber wegnehmen konnte ich Tim den Bären ja nun beim besten Willen nicht wieder. **MIST**.

Dann haben wir allen Tschüss gesagt >obwohl ich ja glaube, dass wir Professor Zinker bei Oma noch öfter sehen werden, höhö< und da hat mir Patrick was zum Abschied geschenkt. Da hatte ich doch noch einen Paddington für mich. Voll süß! Also der Bär natürlich.

I ♥ LONDON
UNDERGROUND
I ♥ LONDON
UNDERG
Teatime
I ♥ LONDON
UNDERGROUND
Teatime
Teatime
UND